U0938421

唐代心情

唐詩閱讀與欣賞

胡燕青——著

匯智出版

目錄

第三輯：一夜征人盡望鄉

第四輯：念天地之悠悠

前言

(一) 此前言可以放後讀

這是一篇不必先讀的「前言」。你可以直接看書的內容，但也歡迎你先讀。後面若有疑問，回頭在這裏找資料，這也許會有幫助。

很久以前我就想寫和唐詩相關的文字，以記錄自己讀詩的感受——悲憫情懷，錐心之痛、驚喜、訝異，或給純美畫面衝擊和擁抱的喜悅……但這已經醞釀了幾十年的想法，被求學、教學和持家的工作擱置了，一直給往後推。現在我有點時間，特別想和友人分享唐代詩人的心境。

我們讀唐詩，常常得註釋、語譯之助，但感情反應也給註譯的詳盡資料抓去了、蒙住了、推遠了。我們「假設」一旦有了註釋，就沒有看不懂的詩了，其實這看法不一定是對的。註釋和語譯也同時暗示唐詩艱深、難解，甚至「離地」、「與我無關」

等「特質」，讀書人想認識詩的心會給悄悄沖淡。愛上詩的人，大都是首先直面詩歌的。不過，時間久遠了，語言變化了，我也會採用語譯的方法，這實屬無奈。

真正讀詩的時候，我們其實不必「首先」知道詩人的底細和風格。愛上詩歌了，就有動機多知道一點。到後來，我們甚至想曉得他寫詩時身邊有哪些好朋友。一步一步地推進，我們對整個時代的文學特色就有了認識，想知道更多的背景資料。比方說，你本不大認識一個叫做孟郊的詩人——他到底是甚麼時候的唐人？如果有人告訴你，他是中唐人，那麼你可能也想起白居易。想到白居易，你就會想知道他們出現的先後。至此，你已經不自覺有了一點劃界的動作了。你或會問：中唐，即是甚麼時段？

(二)「初、盛、中、晚」有界線模糊之處

中唐，其實是相對於初唐、盛唐、晚唐而言的。大家都懂得順序說出「初盛中晚」四個時期，可是一談到這個，也總會遇上難點。唐代始於西元六一八年，這很清

楚。可我們很難確實說出哪一年才算是盛唐的開始。歷史上，以西元六五〇年為盛唐之始，但文學史上，到西元七一三年才算是。

換句話說，文學史的初唐，定義是西元六一八—七一二年。七一二，正是杜甫的生年。但歷史上的初唐短得多了，指的是唐代開國到唐太宗貞觀二十三年這時期，即西元六一八—六四九年，那時離開李白出生尚有半世紀。話說回來，說到唐太宗李世民，不知多少人「在感覺上」已經進入唐代的「鼎盛」時期了！西元六五〇年，唐高宗即位，貞觀年號結束，貞觀之「治」的太平表象卻一直延續，歷史學家眼中的盛唐這才真正開始。可是別忘了，西元六九〇年，武則天稱帝，改國號周，歷時十五年。「鼎盛」時期，國號都沒有了，不是很奇怪嗎？

武則天之亂，是唐代一場幾乎奪命的肺炎。武后在位的頭十年，上帝賜給唐代幾顆閃亮的星星，讓他們與盛唐同時冒起：他們就是崔顥、李白、王維、高適、王昌齡……他們將要在唐中宗登上帝位後漸漸成長為我國最高的文化標識。同時，作惡多端的著名詩人宋之問給賜死了。

文學史上的盛唐卻姍姍來遲，指的是開元元年（七一三）到天寶十四年（七五五）這段短短的日子。這顯得甚為奇怪——歷史初唐和文學初唐同日開始，結束的時間竟相差六十三年；你沒有眼花，確實如此。換句話說，兩個「盛唐」，開始的時間也相差六十三年，很不幸，二者卻是同日結束的；結束於一場持續八年的動亂——安史之亂（西元七五五—七六三）。

既然有說唐代盛世於六五〇年就開始了，詩人王勃和楊炯皆於這一年出生，即是說他們都生於（且死於）「盛唐」啦！且慢，這二人皆列入「初唐四傑」之中。沒法，原來國勢鼎盛才能帶來教育的動量，我們也知道「百年樹人」這道理；因此，「文學初唐」延遲至七一二年才結束。也就是說，等到杜甫出生之後的一年，「文學盛唐」才開始。天大地大，人這麼多，就等這位詩人出生嗎？還是說，大家要讓陳子昂（六五九—七〇二，根據未完全確定的資料，他生於也歿於歷史上的盛唐）一個脫離盛唐大軍的出頭機會、好能稱他做「初唐」大家？

我們也可以這麼想：用今天的教育制度看年齡對比，盛唐的王維、高適、李白快要升上長安第一中學之時，孟浩然該在京城大學研究院進修了，此時，杜甫出生，「文學盛唐」這才開始，其結構好像一個橫躺着的菱形。

西元七五五—七六三年發生了安史之亂，七六五年吐蕃入侵，使盛唐和中唐之間空出了十年，不知叫甚麼唐才好。其實，杜甫最好的詩，就是在這時期創作的。但內憂外患，怎也不能繼續叫做「盛」唐吧。這就是說，「文學盛唐」和「歷史盛唐」都結束之後，「中唐」還未能夠開始。超級好看的電影動畫《長安三萬里》，寫的正是這個時期的後半部。不久李白離開了，高適隨之也辭世了。杜甫流離失所，其詩卻「窮而日工」，每每使人落淚，唐詩發展到一個無與倫比的高度。

「中唐」始於西元七六六年，沒有爭議，也不分歷史和文學史。七六六年起，唐代宗大曆元年出現了「大曆十才子」，中唐的優秀詩人此時正排着隊等着出生。國家依然多難，但人才輩出，不遜於盛唐。唐宋八大家之中的兩位唐人——韓愈和柳宗元詩文俱佳，作品千古傳誦。其他詩人如早一點的孟郊（七五一—八一四）、與韓柳同輩的白居易（七七二—八四六）、劉禹錫（七七二—八四二）、李賀（七九〇—

八一六）、杜牧（八〇三—八五二）、李商隱（八一三—八五八）等——雖然其生卒年資料未能完全確定——也相繼伸手撐起唐詩的參天大廈。我們也會陸續讀到他們的作品。

有人認為八三六年才是「晚唐」的開始。如此算來，李商隱、杜牧還是「中唐」人。不過，竟也有人叫韓、柳和小李杜為「晚唐四傑」，把我弄糊塗了。那麼一來，李賀就給卡在「中唐」和「晚唐」之間，「不知何世」地活了二十多年，因為他早夭，他「恩師」韓愈還未辭世，他就病逝了。我總覺得他屬於中唐。無論如何，我不會認同這「晚唐四傑」之說。這「四傑」的講法一旦成立，白居易和劉禹錫也就給「扯」到晚唐去了。他們和韓柳畢竟就是幾年之間出生的人，而且劉、白詩名甚大，也很「傑」出。假如把晚唐定為「甘露之變」（西元八三五年）以後唐所剩餘的日子，小李杜就只有半生是晚唐人，而韓、柳怎也不能算是晚唐人，莫說只活了二十六歲的李賀了。

硬要把唐代分成四份，歷史的刀劍鋒利，文學的尺子卻遲疑。我們且將就將就吧。

（三）唐詩遠多於三百首

《唐詩三百首》是清代人孫洙先生所編輯的。他很有心，為中華文化的傳承做了偉大的事。這選本幾乎是我們一代讀詩人的特定入門書了。孫先生稱自己為「蘅塘退士」，編輯此書目的簡單——用好詩教育兒童。

他說：「世俗兒童就學，即授《千家詩》，取其易於成誦，故流傳不廢。但其詩隨手掇拾，工拙莫辨，且止五七律絕二體，而唐宋人又雜出其間，殊乖體製。因專就唐詩中膾炙人口之作，擇其尤要者，每體得數十首，共三百餘首，錄成一編，為家塾課本，俾童而習之，白首亦莫能廢，較《千家詩》不遠勝耶？諺云：『熟讀唐詩三百首，不會吟詩也會吟。』請以是編驗之。」

《千家詩》主要是收錄唐宋時期作品的詩選，也可以用作課本。原名《分門纂類唐宋時賢千家詩選》，是南宋劉克莊編輯的兒童啟蒙書。後來兒童的私塾教科書，變為《唐詩三百首》了。無論怎樣，我們該記得的是「為家塾課本，俾童而習之」、「兒童啟蒙書」等概念。讀詩，是三、四歲時就該開始的事了。我們學習中文多年，沒有藉口說古典詩難讀。再者，三百首當然要讀，須知唐詩現找到的超過五萬首。也就是說，《唐詩三百首》撈起的不過滄海一粟，我們讀唐詩，不應以三百首選詩為限，也沒有「必要」先讀完這三百多首。我現在編寫的選集裏，部分沒給《唐詩三百首》選中。

（四）生活、鄉情、戰爭和生命信念

我這個小選本分四輯。第一輯「共此燈燭光」談的五首詩，都通過平常苦樂見人生，當中有一種親民的、密切的美學。第二輯「客心爭日月」選了幾首較短的詩，寫的盡是人在外地流浪的情感，其共同點是漂泊的心，無論節奏快慢，這些詩的筆鋒都在追蹤流浪的不安和回家的渴望。第三輯「一夜征人盡望鄉」從出征的軍人、戰士的家屬、兵器的殘件和難民的苦況四個角度看戰爭的殘酷。最後一輯「念天地之悠悠」，作品都探討人生的總結，如湧浪漸平時海床露出的生命本質，涉及詩人對於興衰、生命、時間、信仰等看法。

此書結集，主要是想思考這些詩到底好在哪裏。我會盡量要求自己不但能解釋詩的內容，還能指出這些千古名作的珍貴之處。

飽學的詩人絕對有能力「拋書包」以表現自己的博聞強記，但他們寫最動人的詩之時，都不會刻意這樣做。有深度的作家或能用學力與才華嚇唬讀者，但他們的佳作卻大都十分親民。詩歌是最直接的文學，好詩比散文更貼近人心。詩與歌有關係，但最後詩與歌保留了血緣也脫離了牽絆，成了獨立的個體；雖然歌中有詩、詩裏有歌，但詩最終端的迷人之處已經不是格律或詞彙，而是與人心的互通。格律是有趣的，充滿考驗的，節奏同樣是。文字可以艱難，也能活潑。我們與詩人之能夠聯接，格律、文字、內涵全都是通道。我始終只想說，唐代詩歌的美遠超過我們所能想像。

曾聽見現代詩人叫人不讀古典作品，我實在不敢苟同。我反而覺得，從來不讀古典的人，難以成為第一流詩人。但話說回來，我們也不能認為有唐在先，曾經滄海，我們現代人就不能寫出好詩了。如果我們空降唐代，因種種際遇而成了詩人，我們也不過是在寫當時的現代詩——得蒙《詩經》《楚辭》的教養和曹植陶潛的化育，有三百年左右，一大群人一起練習寫詩以便應考，寫着寫着就寫成了唐代；而唐代，也成了我們取之不竭的文學資源。千里之行，始於足下。能讀懂一首就得着一首，讓我們開始認真讀詩吧。

第一輯

共此燈燭光

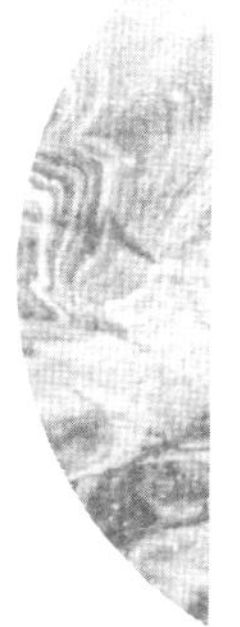

這一輯收錄的五首詩，都通過平常苦樂看人生，當中有一種親民的、活潑的美。此處所選的五首詩，有寫親情的、友誼的、家庭生活的和病痛的。詩人都是性情中人，雖然面對困難，仍懂得感恩，且能細緻地觀看人間煙火的生滅，甚至表現出豁達的幽默感。多讀這些詩，能夠讓我們成為更好的人。

「共此燈燭光」是杜甫詩〈贈衛八處士〉裏的名句，用此句做這一輯的名字，是想了很久的結果。親友聚散無常，能夠在燈下談心事，總使人感觸良多。生活上的每一個細節，其實都值得我們細味。

渡頭迎母

——不忘母愛的孟郊

讀唐詩，為何要由孟郊的詩開始？為甚麼先讀〈遊子吟〉？

〈遊子吟〉

慈母手中線，遊子身上衣；
臨行密密縫，意恐遲遲歸。
誰言寸草心，報得三春暉？

一般詩選會從初唐開始。我以孟郊的〈遊子吟〉做第一選讀對象，除因此詩感情充沛、技巧突出，還因為這是中唐的詩歌，寫於西元八〇〇年。

西元八百，詩風再盛

西元八〇〇年是個很容易記住的年份。一百年前，王維（約七〇〇）、李白（七〇一）出生。一百年後，即西元九〇〇年，唐代就只剩下幾年了。西元八〇〇年孟郊虛歲五十，是個大叔了。孟郊的摯友之中，最有名氣的是韓愈，那時韓愈三十二歲；柳宗元二十七歲，中間還有二十八歲的劉禹錫和白居易。這樣的陣容，真是一時無兩。如果說盛唐和中唐詩歌乃唐代的兩座文學高峰，孟郊正處於後面一座的上坡路上。

母子重聚，動人心魂

此詩文筆淺易，能引起大大小小為人子女者的共鳴，不難懂，卻深刻。孟郊四十六歲才登進士第，有點老了；又等了四年，才得溧陽縣尉這份小小的工作。如果說某人四十六歲才拿到重要的學位，五十歲才考上公務員，雖是喜事，總有點讓人傷心的感覺。

此詩有副題「迎母溧上作」。溧陽在江蘇，河流穿插。此時他把母親接到工作地方以侍奉她。有說她到來的時候，孟郊正站着等她的船泊岸，寫了此詩。想像這時正值傍晚，夕陽把江水染紅，年老的母親由侍女攙扶、小心翼翼地登岸，孟郊趕忙趨前迎接……這種解說很浪漫，對嗎？雖然沒有證據，我還是願意採用的。

三種對聯，輕鬆用上

這首詩不是近體詩，簡單說，它既非五言或七言的律詩、排律，也不是絕句。可是，一點不要小看它的文字難度。此詩只六句，由三個偶句組成一個有機體。有少許國學常識的人都看得出首四句是兩個對聯。那麼，最後兩行呢？

這也是對聯。這種對偶句叫做「流水對」。流水對是怎樣的偶句？

一般來說，對偶分為三種——正對、反對、流水對。第一類偶句叫做「正對」。其前句和後句的內容是並列、平行的、意思相近的。詩歌裏的偶句，大多是這一種。例如「白日依山盡，黃河入海流」（王之渙〈登鸛雀樓〉）是正對；「兩個黃鸝鳴翠柳，一行白鷺上青天」（杜甫〈絕句四首・其三〉）也是正對。

另一種對聯的前半和後半內容上有轉折的明示或暗示，中間可以加上「不過」、「可惜」、「幸好」等連詞。例如「青山有幸埋忠骨，（可恨）白鐵無辜鑄佞臣」（杭州岳飛墓楹聯），或「橫眉冷對千夫指，（但是）俯首甘為孺子牛」（魯迅〈自嘲〉），或「身無彩鳳雙飛翼，（幸好）心有靈犀一點通」（李商隱〈無題〉）。這一類對聯，叫做「反對」。

閱讀經驗告訴我們，在中國古典文學裏，正對的數量比反對多，但反對的感染力更強大。數量更少的是第三種對聯，叫做「流水對」。我們熟悉的「少壯不努力，老大徒傷悲」（樂府詩〈長歌行〉）就是最著名的流水對之一。何謂流水對？那就是說，上聯下句必須加起來才能表達一個完整的意思；即說了上半截，還未說完，要寫完下句其意義才圓滿的偶句，叫做流水對；那其實是一種「極其濃縮的複句」。另一個十分出色的例子是「野火燒不盡，春風吹又生」（白居易〈賦得古原草送別〉）。我們熟悉的〈登鸛雀樓〉的第二聯「欲窮千里目，更上一層樓」，也是優秀的「流水對」。

這些語文知識，和〈遊子吟〉有何關係？原來〈遊子吟〉一詩正好三種對聯都用上了，真是神乎其技：

「慈母手中線，遊子身上衣」——正對

「臨行密密縫，意恐遲遲歸」——反對

「誰言寸草心，報得三春暉」——流水對

孟郊的筆力絕不簡單。在現當代的中外評論裏，孟郊的名聲越來越響亮了。

手縫舊衣，滿載深情

為何此詩能夠感人？那是因為作者心裏常常浮現出母親為他縫衣的身影。沒有具體形象的作品，感人程度會差一點。這裏不但有，而且很生動。有場合、畫面和細節的詩，一般都比較有感染力，因為具體的事物是讀者「進入」作者心靈世界的橋樑。「慈母」「手中」「線」及其暗示的拉扯動作，都是畫面，都是細節。我們構思到這三者的時候，同時出現於心裏的有「針」、「衣」和「女子的身影」，如果想像力夠強，還會想到「拉線」的重複，「試衣」的認真，最終還會觸及將臨的「分離」。詩歌打動人，是詩人在心裏「經過了那一番」，不同時代的讀者同樣借助他的文筆領會到他的心情。

陳耀南教授認為「密密縫」是為了讓衣服更耐磨，這很合理。也有論者認為此二句說的是東南一帶百姓的想法——縫針越密，遊子的歸程就越早。我同意陳教授的說法，也認為母親心理複雜，既想衣服能穿得久，也想加速多做一兩件，這還可能意味着母親正用繁忙的工作來排解心裏的離情。古人遠行，未必能時時歸家，何況母親年事較高，遊子歸家也不一定能再見面。離情之深，可以想見。

說到這裏，我們也不妨細想：從首兩句看，衣服已經在遊子身上了——怎麼這才說到縫衣的事呢？原來這是一種類近倒敘的手法。換句話說，詩人因身上衣服的觸發，回想當初母親為自己縫衣的場面。如今，他可以為官了，總算了卻母親的心願，來到河邊迎接她，其時又記起當初她縫衣時的樣子帶着多少殷切的期待和深刻的傷痛。

意象精妙，對比鮮明

最後兩行，詩人用了兩個合而為一的比喻，寫他的感受。他覺得自己的孝心小得像短短幾寸的草。草是那麼矮小、那麼不足，又怎能報答母親的深厚恩情呢？母愛如春天的陽光，努力驅趕累積的寒氣，照了這麼長的時間（三春，即春季三個月，指整個春季），草才長出了那麼一點點。在一個非常合理的場景中（春天陽光下生長的小草）描寫那種巨大的不相稱，詩人讓我們想起自己對父母的孝心是多麼的薄弱。這麼一比，感人的力度就出來了。

用喻求創新，同時也求合理。合理，有時會形成一種把比喻扯向平庸的拉力，用喻之難，難在此處。孟郊這兩個借喻既鮮活也自然，渾然天成，好像完全不必思考就從心裏流淌出來似的，乃絕佳意象。寓其深意於流水對，工整完美，難上加難，我們無法不稱讚。

最後，請記住這位詩人的名字：孟郊。晚輩韓愈非常欣賞他的詩。這一首，是我們應當熟讀、背誦的作品。

多讀一兩首

〈登科後〉——寫孟郊四十六歲登進士第時的心情——明朗、喜樂、得意洋洋。

觀人於微

——欣賞萬物的王建

也許科舉要求唐代的考生作詩，到了中唐，在朝在野的讀書人幾乎個個都會寫點詩，大家交往時更會彼此唱和。其時很多詩人的年齡相近。我們以韓愈為「地標」，他生於西元七六八年，比他長一兩歲的有張籍、王建，比他小四、五歲的有白居易、劉禹錫和柳宗元。他們的好朋友還有孟郊和賈島。走在一起的時候，全是「行家」，談起詩來會多麼開心啊，我實在非常羨慕這樣的一個群體。

張籍和王建，史稱「張王」，雖然還有些不確定，他倆很可能是在同年出生的，也同樣在西元八三〇年左右辭世。這次我們先欣賞王建的幾首絕句。

精細入微諳世道

王建很能寫人物，而且寫得精細入微。我覺得他下面這幾首詩能夠「人同此心、心同此理」地描寫生活中的平凡人物，顯出詩人充滿愛心。小詩〈新嫁娘詞三首・其三〉描寫的是剛出嫁的女孩子忐忑的心情：

〈新嫁娘詞三首・其三〉

三日入廚下（剛出嫁的女孩子結婚第三天就下廚做飯了），
洗手作羹湯（她很謹慎地先清潔雙手才煮湯給家人吃）。
未諳姑食性（姑，即婆婆，指丈夫的母親；我們廣東人稱為「奶奶」），
先遣小姑嘗（先讓丈夫的妹妹——小姑——稍試幾口）。

這首詩，是王建唯一入選《唐詩三百首》的作品。有人說，這是寫王建剛上任做官時怕不懂官場規矩、得先請教前輩一事的。雖然這也是中國傳統的寄託寫法，但我很不願意這樣解讀此詩。王建的觀察力和同理心都很強。我覺得他就是喜歡單純

地投入日常生活小人物的情感。他的另一首詩叫做〈小松〉，也因着天真爛漫的童心而表達得甚有意趣：

〈小松〉

小松初數尺，未有直生枝。
閒即傍邊立，看多長卻遲。

這幾行詩真是妙到極點了。種下小樹，望它快快成長，常常來看它，可心裏越是渴望，樹長得越慢。我們誰沒有試過初種綠豆、天天等它發芽的焦急？誰沒有過因為等待摯愛歸家而盯着時鐘的「腿」、希望它跑得快一點的奢望？這種小心思很是可愛。王建幾乎是個心理學家了。雖然大部分的詩選（除了少兒詩選）都沒有收錄王建此詩，我卻非常欣賞。面對簡單美麗的事物，以及詩人的微笑，我們這些謹慎的讀者也該放開一點，更直接地閱讀充滿生活味兒的作品。

無事不能成佳作

王建的另一首詩叫做〈雨過山村〉，場景甚簡潔，這種農家之美，和大山大水的美很不一樣，詩人寫的是藏在山裏的小村落，村裏不外幾戶人家。王建筆下的女性也不同於白居易描述的楊貴妃。她們是勤勞安分的老百姓。這首詩裏，我們聽見她們的家常話，看見幾個迷濛的、因勞動而清瘦的身影。她們的生命不華麗，卻豐盛。王建默默為詩，記下小事情而傳誦千古。詩人啟發了我們：在詩歌的領域內無事不能成佳作。

〈雨過山村〉

雨裏雞鳴一兩家，
竹溪村路板橋斜，
婦姑相喚浴蠶去（嫂子和小姑彼此呼喚一起挑選好蠶〔用鹽水泡浸分辨〕去），
閒着中庭梔子花（院子裏盛開的梔子花反倒沒有人理會了）。

這充滿生活氣息的場景裏面有季節、天氣、背景聲音（雨聲、雞叫）、大自然的植物和地勢，還有女子的對話，農家的活動，最後加上白色的梔子花作為圖像的焦點，成就了王建的親民美學。有人說梔子花的「閒」是用來映襯婦女的忙碌的，我倒覺得作者要說的不是農忙，而是農家之單純可愛。與其說那兩個女子很忙，下雨還在工作，不如說她們的身影好看，畫面溫馨。讀詩的時候，我們不宜把過多的社會學觀點套上去，否則梔子花就白白地開了。

多讀一兩首

〈野池〉——王建寫一個野地池塘裏的各種事物，作品安靜而讓人喜悅。

司馬大人想會友

——白居易的微信

白居易的詩，我最欣賞和佩服的有一長一短兩首詩——長的是〈琵琶行〉，短的是〈問劉十九〉。為甚麼喜歡？因為這兩首詩表現出白居易駕馭詩歌語言的能力，而且感情發自內心。今天我們不談長的，談短的。

〈問劉十九〉

綠螘新醅酒，紅泥小火爐。
晚來天欲雪，能飲一杯無？

有酒有爐，你來不來？

這首詩先說出兩種家常事物，一種新釀的、未濾去酒糟（綠螘就是浮在酒上的酒糟）的酒，還有一個紅泥造的小火爐。

推想一：有新酒而邀請客人，詩人希望和對方共飲。到時他們自會開懷暢談，一起吃東西。推想二：火爐很小，估計是放在飯桌上用的，不是廚房裏那種。它或可讓人一面煮一面吃、或只暖暖酒。確有讀者認為白居易是在邀請對方來吃小火鍋。推想三：二人聚會是常有的事，否則會隆重發請柬，而非單單列出這兩件東西來「引誘」對方。真正的吸引力是記憶中交談時的歡快，酒和爐只是藉口，象徵着二人十分投契。結論：他們是好朋友，見面值得期待。這是一首人見人愛的小詩，因為它自然、活潑，表達出詩人和朋友彼此瞭解的深度。

孟郊首為官，樂天成進士

記得上一次說過西元八〇〇年嗎？這正是〈遊子吟〉寫成的那一年。那一年還發生了何事？在唐詩史上，白居易同年進士及第，其時他二十八歲。比起五十歲才得縣尉小官的孟郊，他的仕途好得多了。

就這樣，白居易從西元八〇〇年起做了十五年的諫官。八一五年，他因為提出要嚴厲緝捕殺死宰相的兇手，在朝廷遭人排斥，被貶為江州（今江西九江）司馬。這個貶官的理由十分離譜，但在唐代還有更荒唐的整人的手段。〈問劉十九〉正是白居易任江州司馬時寫成的。

雖說貶了官，司馬仍是大官，家裏僕人還該不少。這首詩說「晚來天欲雪」，應該是接近傍晚才成詩的，而詩的末句「飲一杯」的時間，大概指晚餐前後。

詩寫完了，就給送去受邀的對象「劉十九」了。我們不大知道劉十九是誰，他就是個姓劉的，家族裏排行十九。其他就不知道了。白居易的摯友元稹，就叫做「元九」，這是個當時習慣了的親切稱呼。劉十九，應是收到便條就會到來的好友，是可以共酌談天的同伴，是面對司馬大人仍可以開懷說笑的人。這個作品透露出的溫馨和情誼，讓人喜悅。

聚焦微物，先聲奪人

便條，就像今天的短信、微信，你我都寫過千萬次。我們如今都在手機裏看。以前是派人送去的。但怎麼看，一張小便箋竟然可以成為千古名作，也真是個奇蹟。到底這首詩好在哪裏？

我第一次看此詩時，就覺得它非常可愛。才剛釀好的酒，漂浮着小得像螞蟻的酒渣，是個大特寫。酒色一般是透明的，給一個杯子圈起來，甚美。這讓我聯想到通透的琉璃如何聚光於一點。白居易在一封信（〈與元九書〉）裏說他自己患了飛蚊症，估計他眼睛不大好，如今燭光下看着那杯酒，或有非常矜貴的錯覺。相對於酒的冷色，紅泥火爐的形象既鮮明又溫暖，爐中也許還有暗紅的炭和冒起的火星。敏感如詩人者，不可能感覺不出那種華麗的對比。詩人遂執筆，於首兩句把這種香味、錯覺、溫感和享受寫成一副晶瑩溫潤的對聯。可以說，這首小詩聚焦於微物，卻先聲奪人。

繼來的一句，把剛剛升溫的小火爐猛然放在雪景之中，形成一種奇妙的轉折。

天要下雪了，灰色烏雲低壓，很快，窗外就一片白濛濛了。冷白為景，熱酒入腸，還有摯友相伴，無乃今天我們常掛在嘴邊的「小確幸」。香港沒有冰雪，但適逢打風或黑雨之時，一家人都不能上學上班，就很想一同吃東西。小火爐和一片白色的天地，建構了能夠同情共感的另一張畫。文學的美，很少沒有畫面。

當頭三行的鋪排漸漸達到高峰、為劉十九創造了一個又一個前來一聚的理由，劉先生就無法不答應我們的司馬大人了。

說到白居易，不少人都會想起〈燕詩〉、〈琵琶行〉等長篇古體敘事詩。我們就算沒讀過，當中有些句子也必聽過。白居易的詩有三千多首，收錄於《白氏長慶集》，是唐代詩人中著作最豐的。單說這一點，就令人佩服。他是全唐代最偉大的詩人之一，毫無懸念。

多讀一兩首

〈錢塘湖春行〉——細緻、輕鬆、使人愉悅，讀來全無壓力的律詩，描寫西湖的春天。乃描寫文字的典範。

〈琵琶行〉——個人感情和表演者音樂的結合、提升，值得背誦，感染力極強的述懷佳作。

可怕的牙周病

——韓愈先生竟然患上了？

這一次，我們來到西元八一五年，也就是白居易給貶做「江州司馬」的那一年。其時，白居易四十四歲，人到中年，仕途不順意，覺得特別煩心。他寫了一封信，共三千多字，這不是〈問劉十九〉那種微信、便信，而是深刻道出心裏想法，推心置腹的一封長信。此信是寫給另一詩人元稹的。上一次我們說到白居易給劉十九寫便條時，也提及〈與元九書〉。元九，就是元稹（七七九—八三一）。元比白小六歲。這封〈與元九書〉裏面很不客氣地批評了李白、杜甫等前輩詩人，乃當時非常有名的文論，白居易提出「文章合為時而著，歌詩合為事而作」的創作理念。從文學論述的角度看，這還是劃時代的文章。信中看法，與當時潮流配合——貶抑李白、杜甫乃時興做法。讀者可以親讀〈與元九書〉，這裏不詳論。我們只想提一下當時與他抬槓、比他更具實力的韓愈。在一首叫做〈調張籍〉的五言古體詩裏，韓愈說：

李杜文章在，光焰萬丈長。
不知群兒愚，那用故謗傷。
蚍蜉撼大樹，可笑不自量。（節錄）

格局龐大，不拘小節

正因為韓愈佩服李白杜甫的作品，他詩文格局龐大，不拘小節。試比較他和白居易因生病而發出的聲音，就看出來了。白居易對自己的描述帶點自憐：「十五六，始知有進士，苦節讀書。二十已來，晝課賦、夜課書，間又課詩，不遑寢息矣，以至於口舌成瘡，手肘成胝。既壯而膚革不豐盈，未老而齒髮早衰白；瞥瞥然如飛蠅垂珠在眸子中也，動以萬數，蓋以苦學力文所致，又自悲矣。」其大意是：「我十五六歲開始知道讀書人要考上進士，就刻苦讀書。二十歲以來，白天學寫文章，夜裏讀書，間或也學習做詩，沒有時間睡一覺好的。最後口腔和舌頭都生瘡（可能是我們廣東人說的生疿滋）了，手和肘都長繭。長大了肌肉皮膚都乾瘦不像樣，還未年老，牙齒就壞了，頭髮也變白了，視野裏總是有一晃一晃的東西，好像飛着的小蚊蠅和吊在空中的珠子，動輒就數以萬計。這大概是刻苦學習奮力寫作造成的，自己感到很悲哀。」白居易患的，該包括他當時尚不大了解的眼疾「飛蚊症」。

但白居易四十四歲就這樣老態龍鍾了嗎？他之所以感到悲痛，也許因為他才四十多歲？可是，說到病痛，誰沒有呢？

話說同期的大文學家韓愈（七六八—八二四）未到四十歲，就得了十分嚴重的牙周病。韓愈比白居易大四歲，是中唐詩人的中流砥柱。讓我們來看看他怎樣看待患病的處境。韓愈寫了一首很有幽默感的古體詩，名叫〈落齒〉。

〈落齒〉

去年落一牙，今年落一齒（去年掉一顆門牙，今年又落下一顆臼齒）。

俄然落六七，落勢殊未已（一下子掉了六、七顆，掉牙的勢頭未停）。

餘存皆動搖，盡落應始止（剩下的牙齒都搖動了，似乎要全部落下才停止）。
憶初落一時，但念豁可恥（記得第一次掉牙時，只想那兒有個洞洞多難看呀）。
及至落二三，始憂衰即死（掉第二、第三顆，就憂慮自己病弱很快要死了）。
每一將落時，懍懍恆在己（每次快要失去一顆時，一天到晚都焦慮害怕）。
叉牙妨食物，顛倒怯漱水（外叉牙齒妨礙吃東西，歪歪倒倒連漱口都痛死人）。
終焉捨我落，意與崩山比（最後它還是捨我而去，我感覺山都要崩塌了）。
今來落既熟，見落空相似（如今，我習以為常了，也不就是每次都這樣）。
餘存二十餘，次第知落矣（餘下的二十多顆，估計也會一一掉落）。
倘常歲落一，自足支兩紀（假如每年只落一顆，那我還可以支撐兩個十二年呀）。
如其落並空，與漸亦同指（其實一下子全部落掉，和逐漸掉光也一樣）。
人言齒之落，壽命理難恃（有人說牙齒落盡，就活不了）。
我言生有涯，長短俱死爾（我說嘛，人生都有盡頭，活得長活得短都會死）。
人言齒之豁，左右驚諦視（人說牙齒沒了，別人會因你太可怕而嚇得不敢細看）。

我言莊周云，木雁各有喜（我說莊子謂大樹無用、雁兒能叫，反倒不必死）。

語訛默固好，嚼廢軟還美（沉默比口齒不清更好，無法咀嚼，軟軟的食物也美味）。

因歌遂成詩，持用詫妻子（說着就寫成此詩，用此嚇唬妻兒，很有趣）。

以文為詩，大筆生風

這首詩雖然不短，卻不難解，正好仔細描述了韓愈牙齒掉落的過程。三十多歲，對今天的人來說，真是大好年華；一般而言，牙齒都整整齊齊地排滿口腔。可是韓愈掉牙了。他老實地說，一開始還在想掉牙造成的洞洞有礙觀瞻。這種自嘲的豁達，真令人敬佩。其後牙齒落得多了，他想到了掉牙畢竟是人體衰敗的開始，最後還想到自己很快會死去。這就麻煩了，每有牙齒搖動，他就惶惶不可終日。這是心理層面的苦，但生活層面豈不是更痛苦嗎？這妨礙他吃東西和漱口；每次遇上這樣的「臨落期」，牙都有痛感，且這痛也必一再提醒他，他又向死亡走近一步了。讀到這些句子，我們的共鳴很大，即使自己牙齒完好，身邊總有些長輩的牙齒沒了，須戴假牙，有些則露出牙腳，吃冷或遇風都酸痺難熬。這種非常時期，對當時的韓愈而言，已是常態了。有言「牙痛慘過大病」，此話深有智慧，牙痛的干擾，誰扛得住？韓愈公務繁忙，樹敵不少，痛着辦理大小事務，非偉大心靈難以做到。

話說回來，韓愈的描述多麼生動到位啊！現代作家、學者和教授施蟄存先生說此詩是韓愈「以文為詩」的一個例子：

他的門人李漢在《昌黎先生集》的序文中說：「時人始而驚，中而笑且排。」這是記錄了當時人對韓愈的態度：始而驚訝，繼而譏笑，最後便大施攻擊。但韓愈並不動搖，他堅守他的原則：第一，不用陳辭濫調（「惟陳言之務去」）。第二，有獨創的風格（「能自樹立」）。他說：「若皆與世浮沉，不自樹立，雖不為當時所怪，亦必無後世之傳也。」（〈答劉正夫書〉）這是說：如果跟着一般人的路走，而沒有獨創的風格，在當時雖然不被人排斥為怪，可是也必不能流傳到後世。從此也可以了解，韓愈自己很清楚地知道他的文藝創作，不是迎合當世，而是有意於影響後世的。用我們今天的話來説，他的創作是為將來的。

這是施教授的總結。

幽默開闊，高潮迭起

這首詩之所以能搞笑，因為詩人拐了幾個彎來表達他的心路歷程。一開始時只是一點點虛榮——「但念豁可恥」。第一個轉折很突然，只不過掉個牙，卻「始憂衰即死」，這和「但念豁可恥」對比強烈、甚是誇張，在創作上，收到驚人、幽默及生憂之效，韓愈太會用筆了。一步一級，韓愈與讀者一同喘着氣，來到「意與崩山比」的高峰，這是第一次轉折之後的更上層樓。

可是這種「崩山」之感，咦，怎麼回落得這麼快？原來下坡路給「日常」鋪平了。習慣了落齒的速度，詩人就不再理會，還數着手指説，一年落一顆，還可以活二十四（兩紀）年呢，好好生活要緊，不管了。這種與病共存的心態樂觀積極，他還想好了如何回應別人的「問候」，真是太可愛了。這是第二個轉折。到了最後，他還把此事「提升」到一個「玩笑」的境界——「持用詑妻子」。落齒一事，由輕變重，又由重變輕，全詩起伏有致，既好讀，也具深意。這是第三次轉折後的爬升。接受老、病、死的唯一方法，就是好好活着，大有摩西求上帝「指教我們怎樣數算自己的日子，好叫我們得着智慧的心」的意味。這是對人生和日常的寬容和禮讚，格局小的詩人就做不到這一點了。

多讀一兩首

〈盆池五首·其五〉——清新可喜的作品，全然表達了大文學家的天真爛漫。

〈聽穎師彈琴〉——描寫音樂絕佳之作，把樂曲的結構都用圖像或聲音表達出來。

和小僮僕説心事
——只能聆聽自己的李賀

提起韓愈、白居易和他們所經歷的疾病，就不能不説到中唐最有才華的詩人李賀（李長吉）了。

李賀視韓愈為恩師，兩人相識另有精彩故事，找天再説。李賀很年輕就病死了，表面死於肺病，其實也不曉得是不是同時患了抑鬱症。他生於西元七九〇年，死於八一六年。記得白居易在八一五年被貶為江州司馬這事嗎？這就是説，再過一年（八一六），李賀就病逝了。

父親早亡，長子持家

李賀是唐高祖李淵的叔父「大鄭王」——李亮的後代，這是詩人引以為榮的。在作品中，李賀多次提到自己的家世，如他在〈金銅仙人辭漢歌〉的序中寫道：「唐諸王孫李長吉……作……」在另一作品〈許公子鄭姬歌〉中，李賀亦曾寫下「為謁皇孫請曹植」句，不但自稱皇孫，更以曹植自比，可見李賀對於身為大鄭王之後人，一直深覺光彩。不過這個背景，亦不外為這失意歌手平添幾分沒落王孫的浪漫與悲哀而已。李賀距離大鄭王已二百多年，他的家境與常人無異，但由於父親早死，更變得寒酸淒苦。

他父親名李晉肅，只在邊境上當過小官，沒有為子女留下甚麼產業，且在李賀兄弟倆自立前就辭世了。這本來就不富裕的家庭，生活更拮据。李賀在一首叫做〈開愁歌〉的七言古詩裏說自己「衣如飛鶉馬如狗，臨岐擊劍生銅吼。旗亭下馬解秋衣，請貰宜陽一壺酒」，就是連買酒的錢也沒有，要用外衣去抵押，真可謂一貧如洗了。如此，守寡的母親、姐姐和弟弟的希望，自然落在長子李賀身上。李賀約十八歲喪父，正徬徨之際，就遇上長輩及摯友韓愈，得到了重要的鼓勵，於是他收拾了哀痛之情，向前途挺進。

試場被拒，前途盡毀

西元八一〇年，二十歲的他來到洛陽應考府試，著名的〈十二月樂辭〉獲晉級。同年冬天，他就抱着滿懷熱望西赴長安參加殿試，衝進士資格。

為甚麼我說他是最有才華的中唐詩人呢？我甚至覺得如果在二十六歲「截稿」，他的二百四十首詩會冠絕全唐。二十六歲，是學霸們在博士班奮鬥的年齡，也是一般年輕人開始職業生涯的時間，他的人生就結束了。為甚麼呢？

正當錦繡前程要大大展開之際，李賀怎樣也不會想到，他的才名、實力以及與韓愈的密切關係，會招來強烈的嫉妒和致命的誣陷。當時，科舉場中有一個不成文的規矩，就是當考生遇到試題中有與自己祖先或父親名字相同的字眼，就必須「託病請求免考」，以表孝思。誣害李賀的人，就利用這點，謂李賀父名既為「晉肅」，李賀就不該參加「進士」的考試，因為「晉」、「進」同音，李賀應考就是不孝。如此，李賀就被迫放棄功名了。這對詩人來說，是莫大的打擊：因為他不但失去了進身政壇、施展拳腳的機會，就連好好養活家人的條件都沒有。

李賀遭遇這樣的不幸，一般都以為只是朝中和競考的人忌才所致，其實這與韓愈也很有關係。韓愈文名雖大，權力卻不大，但樹敵極多。他們怕韓派又添上一個天才，於是設法阻止他入朝為官，這是極有可能的。韓愈自己，也為此異常憤慨，於是寫了著名的〈諱辯〉，以「父名晉肅，子不得舉進士；若父名仁，子不得為人乎」為辯，企圖力挽狂瀾。此文辭鋒犀利，言之成理，惜終究不能使詩人重獲應考資格。隻身來到長安，無親無故的李賀，不但感到前程無望，沮喪不已，更因為自己不能好好照顧家人，極之悲痛。在他極消沉的時候，作品失去了詩人獨特的華采，顯得沉鬱哀痛，是絕望中的獨白，感人至深：

〈題歸夢〉

長安風雨夜，
書客夢昌谷（昌谷是李賀的家鄉）。
怡怡中堂笑，

小弟裁澗菉（小弟去找些野菜來做飯）。
家門厚重意，
望我飽飢腹。
勞勞一寸心，
燈花照魚目（睡不着，眼睛像魚目一樣張着）。

這樣悲苦的內心世界，這樣深刻難癒的傷口，就順着平淺的、真切的獨白，展示在讀者眼前，毫不矯情，卻使人熱淚盈眶。這一類作品，並不是李賀集中最為人稱頌的，其光芒往往被詩人奇詭瑰麗的詩篇所掩蓋，但這無疑是李集中佳作之一。通常，在這些作品中，我們才可見到一個有血有肉的靈魂在靜默中的呼號和控訴。這些時候，也是李賀最近似杜甫的時刻。

禍不單行，積鬱成病

不幸得很，詩人的痛苦並沒有就此完結，他仍得留在長安，設法養活一家。忍受着周遭的鄙視，詩人帶着耀眼的才情，接受九品小官奉禮郎的職位。這個差事，只在達官貴人身邊喊喊施禮口令，不但俸祿低微，更是對自負的李賀一種長期的侮辱。心力交瘁，重重的打擊使這年輕詩人身心受損，患上癆病。李賀詩集中提到自己健康不佳的句子很多，如：

自言漢劍當飛去，何事還車載病身。

——〈出城寄權璩楊敬之〉

病骨猶能在，人間底事無。

——〈示弟〉

歸來骨薄面無膏，疫氣衝頭鬢莖少。

——〈仁和里雜敍皇甫湜〉

這些詩句，使我們驚覺李賀健康之壞。讀此即知他不會長壽；李賀的早夭，實非偶然。二十四歲的時候，詩人以病辭官，重返故里。未幾，復入長安，輾轉至潞州投靠初潞幕的張徹，兩年多後又返家，不久便與世長辭。

謙厚知恩，良善深情

今天我們會細讀的一首詩，是一首五絕。李賀向為他煎藥的小僮僕表達感謝。

〈昌谷讀書示巴童〉

蟲響燈光薄，宵寒藥氣濃。
君憐垂翅客，辛苦尚相從。

此詩簡短，信息卻豐富，聲音、光線、氣溫、味道、悲痛之情、感激之心，無一不備，構成了一張立體有情的圖畫。

「蟲響」有很多暗示，例如那是秋夜而非冬夜；微小的聲音同時顯出靜寂的氣氛，否則難以聽見蟲鳴。王維的〈鹿柴〉就是用微小聲音反映靜寂的一例：「空山不見人，但聞人語響。返景入深林，復照青苔上。」這是中國詩寫靜寂的傳統手法。日本詩人松尾芭蕉（一六四四年生，是我們清朝時期的日本人）的著名俳句「古池　青蛙　入水聲」，同樣是以微小的聲音來襯托靜寂的。

「燈光薄」既能描述氣氛，也指出李賀家裏貧窮。他們那麼寒酸，為何還能請得起一個小僮僕呢？那可能是母親已經年老，弟弟在外打工，姐姐出嫁了。照顧病人，須要多一點人手，就用一點點錢請來一個「巴童」照顧這位大哥哥。「巴童」（我估計是個不足十歲的孩子）大概來自四川東部，那地帶的古名就是「巴」。看，這小小的孩子出門打工了，李賀的弟弟也到江南去做勞力了。窮人家的孩子都差不多。李賀在暗光裏看着他，心緒翻騰。孩子在打盹嗎？孩子在等藥煎好、侍候大哥哥服用了才去睡嗎？

於是李賀心裏的感激就油然而生。他自覺已經時日無多，感激孩子「辛苦相從」。他沒有從主僕的角度來看這個服侍他的小孩，反而稱對方為「君」，對方選擇服侍他是在「憐惜」病人。其實孩子可能尚未想到這些東西，只是老老實實地在打工。李賀卻非常敬重他。李賀患的是肺病（患了多年才離世，該不是肺癌），或會傳染他人。這個孩子後來怎樣了，沒有人提及。不過，李賀對這孩子善待自己的恩情，卻是銘感於心。他視孩子為充滿愛的扶持者，說他同情在仕途和健康上都「垂翅」（遭受挫折如鳥兒斷了翅膀）的自己。

李賀本是進士之才，心高氣傲，卻遭逢打壓，時人陰險，唐憲宗又死板蠻橫，好端端把一個天才少年逼成了抑鬱症癆病人。如果我們代入李賀，斜躺在病床上，放下書，拿了紙筆，手抖顫着，我們也有這樣的心去用歪歪斜斜的字體給天真爛漫的小僮僕寫詩嗎？這首詩之所以感動我，是因為李賀對人的感情很平等，他的善良和深度感染着我。

不過，此詩寫完，病人自己也忍不住笑了，他知道眼前這小孩兒，根本不懂得何謂垂翅、何謂憐惜，只是對大哥哥李賀生出了感情。於是，他代替這個小孩寫了回應詩。李賀無聊嗎？我覺得不是。我感到他對面前的小朋友寄託了自己的情懷，回頭細思，自覺癡愚，於是又寫了一首，且用了孩子的口吻說：「巨鼻宜山褐，龐眉入苦吟。非君唱樂府，誰識怨秋深？」（那麼高的鼻子呀，穿山野人的布衣看來不錯，可您吟詩時眉毛都皺得連結起來了。假如不是您在吟詩，誰曉得秋天有多麼淒涼？）

我倒覺得，孩子就連這個也不會想到，李賀只是在苦中作樂，抒發感情而已。

李賀和王勃，都是唐代的天才詩人，辭世時年紀差不多。不過，王勃為人比較霸道，李賀更有思想深度。這是我比較喜愛後者的原因。

多讀一兩首

〈北中寒〉——精簡綿密的佳作，詩人盡用各種形象來描寫寒冷的景象，是描寫文字的楷模。

第二輯

客心爭日月

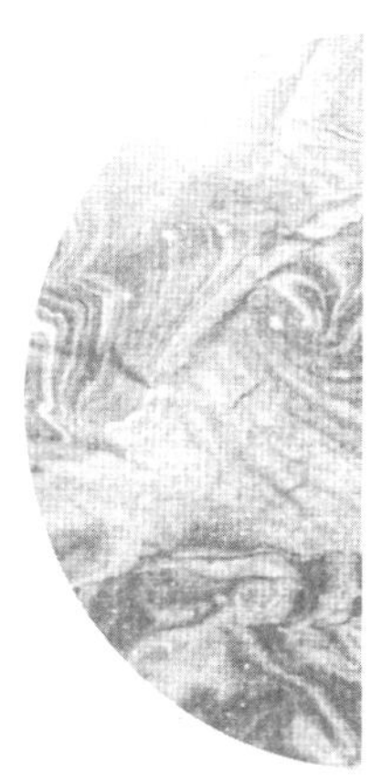

這一輯收錄的詩，寫的都是詩人離鄉背井時的心情。「客」，在古典詩中大部分時間指在外流浪的人而非「客人」或「顧客」（今天的用法）。詩人心目中的「故鄉」或「家」，不一定指出生地。很多時是在說長安或洛陽，或他們一直工作生活的地方。

「客心爭日月」是初唐大官左丞相燕國公張說的五絕〈蜀道後期〉裏的一行，說的是與時間競賽、趕路回家的焦急。

這個壞人不簡單

——近體詩定律人宋之問

我們一開始談到的是中唐詩人孟郊、韓愈、白居易的詩。先說中唐，是希望以西元八〇〇年為唐詩的中途站，易於記憶。如今，我們回到初唐去。

初唐之末，包括十分值得記住的一年，讓我們也不忘：西元七〇〇年，有說是盛唐大詩人王維出生的一年（仍有爭議）。七〇一年更來了個李白。這幾年是唐代大詩人的嬰兒潮。想想，從白居易進士及第的西元八〇〇年回望，這個「一百年前」也真是星光燦爛。

於詩有功，為人有過

唐初的沈佺期（六五六—七一四）和宋之問（六五六—七一二）文名頗大，史稱

「沈宋」。為甚麼？因為近體詩（絕句、律詩、排律）規格發展到他們手上，幾乎定調了。《新唐書》卻不喜歡他二人的詩風：「魏建安後迄江左，詩律屢變，至沈約、庾信，以音韻相婉附，屬對精密。及之問、沈佺期，又加靡麗，回忌聲病，約句準篇，如錦繡成文，學者宗（跟風）之，號為『沈宋』。」

這就是說他們的作品雖然有影響力，但文辭卻為了合律而過分華麗堆砌。他們還寫了很多討好權貴、歌功頌德的「應制詩」，也都做過諂媚或賄賂奸佞小人等壞事，後人恥其言行。但他們所肯定的格律，卻造就了空前絕後的大詩人杜甫。

今天我們談談宋之問。《新唐書》中關乎他的八百多字，大部分在罵他，不過也告訴我們他本是個天才少年，大概二十歲就已得到武則天的賞識，而且「偉儀貌，雄於辯」，真正的才貌雙全。估計他變成壞人是有個曲折過程的，這裏不詳論。他攀附權貴，捲入宮鬥，唐中宗把他一貶再貶，他終於來到浙江紹興做地方官的文字工作（當時叫做越州長史，亦即地方官的幕僚、秘書之類的官職）。唐睿宗即位，恨他狡猾險惡，再把他貶到廣西去。

欲歸偷渡，近鄉情怯

今日華南的繁榮冠絕全國，但當時嶺南地區（一般指五嶺以南的區域；「五嶺」是説在兩廣北部與江西湖南南部之間的幾個山脈，它們將華南和華中分隔開來，二地遂形成了不大相同的自然環境和文化）乃蠻荒之地。長安人大都有「恐南症」，認為只要在南方呼吸或喝水，必定會病倒甚至死去；到南方生活像是給判了死刑。因此有傳宋之問從貶地逃至襄陽，再從那兒逃回洛陽，過程中須要渡過漢江，因而得出了這首名詩：

〈渡漢江〉

嶺外音書斷，經冬復歷春。
近鄉情更怯，不敢問來人。

詩裏的「怯」，不知內容指甚麼。怕被人看見他北回？怕家鄉的人不認他？總之，「近鄉情怯」成了國人都懂得的成語，這個「怯」是用來做填充題的那個洞洞的。

回鄉時，有人會覺得羞愧，有人會覺得內疚，有人怕自己已老得面目全非，有人會不敢見某個他開罪過的親友。這首詩非常易懂，不是《新唐書》說的「靡麗」、「錦繡」，而是具體、深刻而真誠的。

可恨之人，有可憐處

可是，《新唐書》完全沒提到這件事，反而說，他和一個皇親因太過腐敗而被處死，行刑地點是今日的桂林。是以有人說此詩不是宋之問寫的。無論怎樣，我們就詩論詩，這個作品非常有效地表達出「客旅」的處境和感情。首句描述陌生可怕的空間和它帶來的焦慮、牽掛，一下筆就張力盡顯。第二行寫時間在客旅期間變得漫長難熬：只不過半年，就要用上兩個動詞（「經」、「歷」），再加上這個「復」字，有力地強調了他天天都活在痛苦之中的情況。第三句是虛寫，用上了形容詞「怯」，讓人先猜想「怯」的因由，而「怯」的具體表現就是「不敢問」，用筆大刀闊斧，情感卻藕斷絲連。我覺得此詩實在寫得極好，不僅精準有度，樸素自然，還留給讀者參與的空間，甚是耐讀。

中國的文學史是包容的，即使說到人品很差的作家也不因人廢言；如果這人對文學真有貢獻，亦會留名。宋之問就是最好的例子。

談初唐詩先不談王勃而談宋之問，非因王勃的詩不好（以後或有機會談到）。相反，王勃的詩真是超級動人。說宋之問的詩，是因為他人品雖然不佳，也竟然寫出了一首如此優秀、真誠而且產生了一個人人皆懂得的成語的作品。人到了絕境，心裏的真情就會表露無遺。此詩給我很深的感觸。

我還想大家記得，宋之問被處以極刑的那一年（七一二），杜甫出生了。

多讀一兩首

〈題大庾嶺北驛〉——宋之問被貶到南方，經粵北大庾嶺驛站；此詩寫盼望能回到長安的心情。

秋風不相待

——張說怎能不焦急？

同樣於武后時期成名，張說（六六七—七三〇）和宋之問的性情和德行剛好相反。宋之問因巴結武后的男寵張易之兄弟，遺臭萬年；張說卻因得罪了這些奸佞小人，被貶到欽州去（今天的廣西境內）。我提過，當時的人都患上了「恐南症」，以為一旦南下，就要客死異鄉了，其實不少還是能夠回到長安的。張說就是其一。

三朝元老，頂級人物

唐中宗即位，提拔張說。他成了盛唐三朝（中宗、睿宗、玄宗）的元老，期間歷任兵部侍郎，應該很有謀略（不知是否也有武功），後來做到左丞相，我們就稱他為張相吧。他為人傳誦的詩不多，葛兆光教授覺得他也許常寫應制（應酬）詩，作品大多不夠好。感覺上，他是個很有本領又非常理性的人，但不十分在乎當個出色的詩人。

我喜歡他這首五絕〈蜀道後期〉（在蜀道上腳程落後於預期）：

〈蜀道後期〉

客心爭日月，來往預期程。
秋風不相待，先至洛陽城。

「客心」是怎樣的心？就是不能安定的、客旅中的心情。一旦未回到自己的地方，就無法放鬆、釋懷、感到自在。我們不知道此詩是哪一次從貶地或出差之處回洛陽去的，總之是穿過蜀地往北回家。

他本來就是東都洛陽人，又在長安做官，而四川就在二京（長安、洛陽）的南方，經過蜀地，也能理解，這可能也是較快的途徑。李白的〈蜀道難〉大家都很熟悉，張說這首小詩，也不覺道出了蜀道的難行，但更能寫出「客心」的不安。

「客心爭日月」就是說他想辦法盡量縮短「客旅」的日子，一路快馬加鞭，決心和時間比賽。這個「爭」字，既有「勝過」的意思，也有「奪取」的意涵，好像成語「爭分奪秒」的用法一樣。這可以看見他對於流浪在外的孤單感覺。不過，也許他和其他詩人不一樣，他會主動用行動來「爭」。我們於此或可領會張說這個人的進取和活力。大城市裏，我們這些應考的、趕工的、比賽的、旅遊的……誰不能體會張說「爭」的力度？

洛陽在望，輸給秋涼

「來往預期程」一句說明張說凡事按部就班、依計劃而行，他不是散漫或隨遇而安的人。估計他之能夠官至左相，一定有精密的思維。有些選集這樣誦讀此句：「來往」+「預期」+「程」。我不喜歡這種節奏。我會讀成「來往」+「預」+「期程」。他啟程之前，該會寫下每一段路的計劃、每個埋棧的地點和日子，也會估計大致在甚麼季節回到洛陽。就此詩而言，他或許希望能在天氣轉冷前回到東都洛陽；而我相信他的推算是有理由的，有根據的。這兩句合起來讀有點「説明文」感覺，似乎略欠一點詩歌的柔軟度。

可是到了第三句，張説筆鋒一轉，情懷敞開，隨和的嘆息取代了緊密的行程。蜀道難，難於張説精明的估算，客心再急、馬蹄再快，盡力而為的人還是敵不過季節的流轉。「秋風不相待」，秋天無情地按規律出現了，輸給時間的心情既暗示了運動員落敗後在終點喘息的認命，也呈現了忽然鬆弛下來的苦笑。霜葉紅了，早晚須要加衣了，思鄉的感受更濃烈了。擬人法的運用使此詩前面的兩句突然顯得有情。原來詩人遇上的是個頗有機心的「對手」啊。

末句指出詩人的目的地正是洛陽城。我們可以想像，那天他到達東都的時候，已經黃昏，家家戶戶都關上了門，或正在關門，關門聲和城裏人趕着回家的馬蹄霹靂拍啦地響。北風捲地，旋轉着小葉子，漸禿的樹木下速速走過匆忙的人。他原本以為可以在這個時節之前到家，甚至和親人一起度過中秋節。這種計劃之外的蕭瑟和清冷，正是秋風比他「先到洛陽城」所帶動的唏噓。看到這裏，首句的「爭」字，忽然就有了生命。

這場和大自然及時間的比賽，說的可以是一次歸家的經驗，也可以是人生這大賽道上的深刻體會。「客心爭日月」，原來也是浪漫的，詩人的，有景深的。

多讀一兩首

〈晦日〉——指正月最後一天，在當時是節日。此詩描述過節的氣氛、風俗。

「埋舟」——盛唐啟碇人孟浩然

提起孟浩然，我們可以再用今天的學校制度看：當王維、高適、李白還在打打鬧鬧地過着小六的生活，孟浩然該有成為他們「夫子」的年紀了。這幫小男孩看着風度翩翩的大哥哥，會一窩蜂上去找他簽名嗎？不知不覺，此刻又一個厲害角色出生了。他就是杜甫。他一歲的時候，大唐詩歌才算真的進入「盛唐」時代。沒法，杜甫是一定要等的，雖然他的「詩聖」封號，要待到宋朝才追加。

唐代是西元六一八年開始的，孟浩然（六八九—七四〇）出生之時，唐已經有了七十年的歲月，是時候產生優秀詩人了。

哈佛的嗎？——不，長安野人也

沒做官的孟浩然，當然有份成就盛唐。小師弟岑參（七一五—七七〇）來到世上時，孟夫子「該」拿到博士學位（進士）啦，不過，他是那種不積極求功名、只想結交好朋友的人，所以他「沒去考研究院」（此處笑言科舉）。但原來當時另有一種入仕方法叫做「終南捷徑」，容後再說。他和不少前輩、後輩都是頂流詩人。這十來個人彼此交往，互相欣賞，使人羨慕不已。這就是今天讀詩之人至愛的時代了。你不要真的相信古畫裏詩人的老公公形象。其實他們進入全盛寫作時期之日，年紀都不大，大都是青壯年人。到杜甫開始寫詩時，比方說，十五歲，孟浩然大哥哥還未夠四十。十多年後，孟的背部生了個疽，因此而死，辭世時也不過虛歲五十二。

長安的，也是襄陽的

有一個人，叫做王士源，醉心仙道，後來也真的上山學道了。他是宜城人。宜城在哪裏？就在襄陽範圍內，而襄陽是唐代「山南道」東面的城區，就是今天湖北省的一個地級市。襄陽是孟浩然的故鄉。這個如今五百多萬人的城市有十大著名歷史人物，孟浩然是其一（其他還包括諸葛亮、書法家米芾、建安七子之一王粲等，杜甫的祖籍也是襄陽）。因此，孟浩然和王士源有點淵源。不過，王先生因上山學道不問世事，並未第一時間知道孟浩然辭世的消息。後來聽說了，深感遺憾。他認為孟浩然沒做過官，史書不會記載，但豈能讓如此詩人佳句從此消失？他說：「未祿於代，史不必書，安可哲蹤妙韻從此而絕？」（〈孟浩然集序〉）其後，這位有心人就到孟夫子的各個生活圈子去尋找他的作品。即使找到還未寫完的，他也一概錄下。不過他說自己也找不齊全。但這位「超級粉絲」的功勞，實在偉大。他找到孟浩然的詩歌共二百一十八首。估計後來大家又找到一些，加起來才大概二百六十五首左右。有這樣的隔代好友，真是有福。

李白喜歡孟浩然。他作過數詩送給孟。〈贈孟浩然〉說：「吾愛孟夫子，風流天下聞。紅顏棄軒冕，白首臥松雲。醉月頻中聖，迷花不事君。高山安可仰，徒此揖清芬。」

命該如此，亦正因如此

不過，孟夫子是不是真的可以一直窮途潦倒地活下去？他為人豪爽俠義，聽說還非常俊朗（嘩嘩，太完美了），朋友超多，後來大家終於說服了他上京考進士了。那時候，正好唐玄宗在位。《新唐書》說他四十歲才第一次到長安，一去就名滿天下。《新唐書》云：「年四十，乃游京師。嘗於太學賦詩，一座嗟伏，無敢抗。張九齡、王維雅稱道之。」一天，他進了皇宮，維私邀入翰林院，未幾而玄宗到來了，浩然匿床下，大家唯有說實話。對，玄宗知道後大喜：「朕聞其人而未見也，何懼而匿？」於是命令孟浩然出來。玄宗又問及他的詩，浩然再拜，自誦作品，讀到「不才明主棄」之句，玄宗生氣了，說：「你自己不求官位，朕亦未嘗不重視你，為何誣陷我？」呵呵，亂說玄宗不欣賞他，罪也真大。玄宗惱着把他放了，真是時也命也。後來，採訪使韓朝宗又約孟浩然一同再到京師去，要推薦他。那天朋友來到，劇飲歡甚。有人說：「你不是約了韓公嗎？」浩然不滿地說：「我已經在喝酒了，別管他。」他失約了。韓朝宗大大生氣，憤然辭行，孟浩然仍不知悔改。《新唐書》此一記載恐怕是真的。此書修編甚是嚴謹，乃二十四史之一。所記之事，如此荒唐；若非真相，估計歐陽修也不記了。此二事可謂笑中帶淚。孟浩然也未免太任性了。未幾，他因背上的一個毒瘤病死了。

境界之高，一時登頂

我們今天要讀的是孟浩然的〈宿建德江〉。孟浩然是盛唐重要詩人。要獲得文學史的青眼，在任何時代都不是易事；要在盛唐名家這隊伍中率先啟碇，成為舉足輕重的歌手就更不簡單了，縱使孟浩然的整體成就比不上杜甫、李白、王維等高手，但我們也不能不注意他，他某些作品境界之高，絕對無愧於任何前賢後進。可能大家都愛讀他的〈春曉〉，我卻特別喜歡〈宿建德江〉。

〈宿建德江〉

移舟泊煙渚，日暮客愁新。
野曠天低樹，江清月近人。

國畫的情調，漂泊的心情

這首詩講述一個旅人所見。日暮時分，把船靠在河道的小沙洲（渚）旁邊。夜色欲臨，四野無人。首句「移舟泊煙渚」寫的是旅人的動作。他自航道把小舟划向河中的小島，故曰「移舟」。小舟依傍小島，是要找尋一宿安定。黑夜快到了，再也不能趕路了，旅人只好暫時歇歇。

在這裏，小舟象徵漂泊無依，小島也暗示零丁孤獨。旅途上，小舟依傍着的，也不是大地的穩當和安全；加上迷濛的「煙」，一切就更添上了不牢靠、不肯定的感覺。可以想見，江流滔滔，夜風淒咽，旅人這一夜未必能夠了無牽掛地酣眠。

詩歌才寫了一句，已經孕藏豐富的情調和感覺。就構圖而言，「移舟」、「泊」、「煙渚」無一不富於中國畫作那種焦點具現，暗示性強的特殊美感。兩個動詞（移、泊），以及兩個名詞（舟、渚），分別都是一動一靜的，彼此呼應，使詩句中的圖畫既富於動感，又不失默觀之美。「煙」字更是典型的筆觸，輕輕一點，就把迷濛煙水的夢幻感暗示出來了。

鮮明的對照，留白的意圖

「日暮客愁新」點出時間的關口，也道出了流浪者當時的心境。日暮，是鳥倦知還的時刻——但人倦了竟仍要孤單在外，無家可還。當家家戶戶生起又暖又香的炊煙，當辛勞竟日的老鄉都向着敞開的家門走去，漂泊的遊子，豈能不更想家？日「暮」了，這一天已相當陳舊，陳舊得快要完結了，但旅人的鄉思卻尖削得有若新磨的鋒刃。這個「新」字，用得出色。它和「暮」字造成的強烈對比，使人擊節讚賞。

寫到這裏，詩歌繼續發展的可能性有兩種。其一，詩人以「客愁」為新起點，繼續鋪寫這種心情；以思念為經、回憶為緯，交代客愁之濃烈。這種寫法，可見於另一著名詩人高適的〈除夜〉：

〈除夜〉

旅館寒燈獨不眠，客心何事轉淒然？

故鄉今夜思千里，霜鬢明朝又一年。

這是比較常見的處理方法，能把愁思發展得淋漓盡致，但它也有弱點——詩歌因此可能偏向濫情，作品變得甜淺，不夠耐讀。〈除夜〉是不錯的作品，成就卻大大落後於含蓄而輕靈的〈宿建德江〉。

第二種可能性，是點到即止地一勒，在「愁」字露出頭來時凝定在那裏，然後忽然拉闊畫面，把這種半熟的情懷鑲進畫框，使之更清晰、更突出，給人留下深刻印象，使整首詩更能達到完整而動人的目的；〈宿建德江〉採用的手法，無疑正是後者。

多層的閱讀，擴展的感知

「野曠天低樹」一句，以「日暮客愁新」為起點，作者忽然拉開成闊景：野外空曠，地平線顯得格外地長，遠處的樹木，好像給越來越大的天空裁得矮矮的。這一句也極具功力。「野」與「曠」是對心靈空間的描述，同時也是寫實的、白描的。「低」字驟看是形容詞，細細咀嚼，你會發現它也可以是個動詞。可不是嗎？樹木越遠，越顯得低矮微小，這是合乎物理原則的。這種「遠」的感覺，呼應着「野」與「曠」的空間，加強了孤寂的感情。

「江清月近人」一句，寫旅人把目光從遠方收回身邊的水面。「江清」和「月近」，固然可以只是一種普通的並列寫法，但也可以不是。「月」明顯寫水中的月，不然它的遠近與江水的清濁就沒有關係了。江清「因而」月近，可以是寫實的，因為江水既然澄湛，月影也就「近人」了（雖然那也不過是人的錯覺）。在更高的層次閱讀，我們也可以這樣理解：寂寞的心靈往往比較敏鋭，比較清澈，與天地萬物更見接近；所以月之「近人」，似乎又因為心流之清，多於河道之清。這樣看，「近」字的意義也豐富起來了。

絕句之優美

絕句篇幅短小，五絕更小至只得二十字。所以，絕句以風華（風韻才華）取勝，一方面用簡潔文字精心編排而成，另一方面講究神采韻味，並不專事濃縮。成功的絕句固然不會浪費一個方塊字，也不能沒有收放、濃淡的層次。很多著名的絕句都是中心明顯而又境界開闊的作品——寫得絕美的〈宿建德江〉，不過其中一首罷了。

多讀一兩首

〈春曉〉——春夜無眠還是好眠？如果是前者，怎會「不覺曉」？若是後者，為何整夜聽見「風雨聲」？孟浩然這首詩，是一個美麗的迷局。

兩岸青山相對出

——水上漂李白

在第一輯「共此燈燭光」裏，我們的唐詩旅程以八〇〇年做大地標，依此相對地往前、往後走。這一次，我們回到西元七〇〇年。這也是個利於記憶的年份。

李白於西元七〇一年出生，估計生來就自信活潑，天才橫溢，而且頑皮貪醉，很自然就與人結為朋友，相信他是個豪爽自在、風流快活的人，並且喜歡很晚才睡覺，他的詩裏總有月色和美酒，充滿哲思，沒有甚麼人能不受他吸引，我自然不例外。李白的好詩一氣呵成，其步調從容明快，其氣勢無有匹敵，無論長詩短詩，都使人一讀就愛上。不過，這不是說李白沒有寫過平凡的詩。

李白對李白

怎麼能看出李白有些詩不那麼好？不好在哪裏？我們也不是無法分辨的。比如說，他有兩首很出名的作品，一是〈贈汪倫〉，一是〈黃鶴樓送孟浩然之廣陵〉。

〈贈汪倫〉

李白乘舟將欲行（我李白上了船，快要離開之際），
忽聞岸上踏歌聲（忽然聽見岸上有人以當地風俗唱着歌、跳着踏步舞前來送行）。
桃花潭水深千尺（此地名勝桃花潭，潭水深千尺），
不及汪倫送我情。

〈黃鶴樓送孟浩然之廣陵〉

故人西辭黃鶴樓（好友離開西面的黃鶴樓），
煙花三月下揚州（在煙霧瀰漫、繁花似錦的三月往東面的揚州〔又名廣陵〕去）。
孤帆遠影碧空盡（孤獨的帆影越變越小，遠我而去，終至看不見了），
唯見長江天際流。

讓我單就此二詩，做個不十分細緻的比較。〈贈汪倫〉寫的是意料之外的事件——汪倫帶着村民唱歌跳舞來送行，李白言謝，隨手寫了此詩。此詩前二句記事，可以想見，這位汪倫先生是僅僅在李白啟程之前才到達的，而且還依照當地風俗和其他人一起大展歌喉、踏地跳舞，與他話別。一向以來，大家都説汪倫是當地人，沒甚麼名聲。後來學者發現他其實頗有名氣，是個名士。看來李、汪或者在某方面相當投契。不過，汪倫的送行只換來李白一個清淺的、概念的比喻：「桃花潭水深千尺，不及汪倫送我情。」比喻的重點是以水的深比喻情的深。由於桃花潭和汪倫的特點沒給寫出來，實在可以用別的任何事物來替代，詩歌寫來畢竟有點浮泛的感覺。

涇縣（今屬安徽省）的桃花潭，正是李白來遊覽的名勝，與當地的青弋江（多美的名字啊）連接。我猜他離開時應循此水道匯入長江。李白是個「水上漂」，到哪兒去都乘船。這個比喻順手拈來，沒有進一步的提升。對李白來説，此詩寫得太容易，人也去得輕盈，沒表達出甚麼深厚感情，只做了個禮貌的「文字拱手禮」。

我們來看看另一首詩，就知道他用心之時可以多優秀了。同樣是第一行，「李白乘舟將欲行」和「故人西辭黃鶴樓」的信息量差不多，後者「故人」的感情鋪墊大一點，要求後來的描寫來「證實」；地點也更清晰。地點不是描述的對象，隱而不現，沒有特別的好處。有人說桃花潭「被暗示了」（李白提到舟子和岸）是一種優勢，我沒有同感。第一首詩的第二行「忽聞岸上踏歌聲」和第二首第二行「煙花三月下揚州」，明顯見出後者寫來同樣輕鬆，卻在季節的交代、美感的營造和資訊的供應上強得多。

二詩皆是寫情的，第一首頭兩句衍生出來的驚喜，表示詩人低估了汪倫的友誼；第二首頭兩句帶給我們的卻是惋惜：「正值大好春光，你竟離我而去！」這表示詩人的依戀。讀到這裏，讀者發現第一首沒有甚麼張力，第二首則有蓄勢待發的情感。第三句很重要，因為只有四行的絕句，到了第三行就必須來個加強或轉折，否則就浪費了第一、二行的鋪排。第一首正正沒做到這一點，而第二首卻做得極好。前面說過，第一首採用的只是個浮泛的比喻，但第二首呢？「孤帆遠影碧空盡」的實寫，是用詩人的第一視角成就的：看着故人的帆船遠去，遠到幾乎看不見了，該已經到達長江天水交界之處……這巨大的空間感顯出遠行人的孤獨，以及詩人自己的寂寞，這就是分離的本質。流動的江水所象徵的時間，更是一個強大的對手——相聚的日子太短，分離的力量太強。詩人站在黃鶴樓上目送孟夫子離開，已經多久？站到帆影消失。消失了，他還沒有離開，還在看長江流動，「在看不見的那邊，有我的好朋友」。這種感情，不理智卻深刻，不服輸卻知命；這季節，太敏感而傷懷，太冷酷但華麗。李白此詩，使不朽的孟夫子更不朽，也叫詩人自己從從容容就留名千古。

經典疊經典

我說李白是「水上漂」，並不因為詩人之中他最愛乘船，而是說他對江河的描述實在多。無論在船上觀看、在岸上等待、在水上滑行，他都會寫詩。好酒、月亮和流水，對李白來說，都指向美感與情懷。上面說的兩首詩都與水相關，都是經典，但說到直接在水上飛行的經歷，誰都不會忘記名聲最響的〈早發白帝城〉（又名〈下江陵〉）。

〈早發白帝城〉

朝辭白帝彩雲間（從〔重慶附近〕高高的白帝城出發），

千里江陵一日還（遠在千里以外的荊州〔今湖北境內〕很快就到了）。

兩岸猿聲啼不住，

輕舟已過萬重山。

此詩要表達的是一個「快」字。長江的流水特別快，三峽的江速更高，可是這也暗示着行舟的危險。因為安史之亂時期錯投野心不小的永王李璘，李白被流放夜郎（當時夜郎大部分在今貴州境內），他心裏很亂，但仍得取道四川趕赴被貶謫之地。豈料到達白帝城的時候，忽然得知自己已獲赦免，十分歡喜，隨即乘舟東往荊州（江陵）去。此詩乃抵達荊州之時所作，所以詩題又作〈下江陵〉。詩裏，舟子的「輕快」也在呈現詩人心情的輕快。

這首詩的描寫建基於一種極度高速的遷移，而此遷移之感又建基於詩人和讀者之間共有的某種地理知識。不過，李白沒有懶惰，他用上了「千里」之多來對照「一日」之短，又用上了「不住」的進行式和「已過」的完成式做比較，輕輕一撥，江水就送客到江陵，耳畔還流動着猿啼，大自然的聲音構築了崇山峻嶺的險要和偉大。詩人利用地理的彈床輕輕一躍，就飛上了中國古代的天空，難怪這成了國人最愛的一首帶着歷史、地理和心情的絕美之詩。

大自然的靜美與暴力

〈下江陵〉寫的是長江，成詩於李白晚年（五十八歲），另一首我特別喜愛的李白詩是〈峨眉山月歌〉，寫於他青年時代（二十四歲）。

〈峨眉山月歌〉

峨眉山月半輪秋（秋天峨眉山上的半月），

影入平羌江水流（印入平羌江〔如今的青衣江〕，停在那裏，江水卻長流）。

夜發清溪向三峽（夜裏從清溪驛出發，往下游三峽而去），

思君不見下渝州（想念你卻沒看見你，我只好往渝州（今重慶）去了）。

很多人讀此詩，爭議點落在「君」是誰一事之上。有說指月亮（就是那半輪明月），有說是友人。我認同後者。這還可能是一個女子。不過，這不是詩寫得好的要點。

此詩好在哪裏呢？不覺得太平淡嗎？不。這個不肯隨水流動的月影兒，和一直奔騰的江水，正是全詩的張力所在，也即是留在峨眉的友人（大概沒來送行），和不斷游離的詩人，不動的月影兒和流動江水象徵的正是這兩人；當中勾連着一串情誼，距離正在拉大，張力也正在加增。李白愛寫圓月，為何這時只寫半月呢？那固然可以是真時實景，也可以是「不圓滿」的提示。「影入」乃印象之形成，而「思君」即印象成為焦點的過程。是人也好，是月也好，「思」說明了「不見」的痛苦。

此詩景美名幽，半月、平羌、清溪、三峽、渝州……一步一步地離開，見面的

機會一步一步地消滅。古代交通不便利，一旦和友人分開，就「明日隔山岳，世事兩茫茫」（杜甫〈贈衛八處士〉）了。唐代離情，比我們今日的離情濃厚得多。李白這首詩，不但描述了美景、幽情，還含蓄地表達了惋惜和失落。「渝州」是個小小的線索，讓對方在願意之時一通鴻雁。在他眼裏，半輪月亮已經夠美。我們的詩人此時又再漂流而去，沿江而下。看來，長江之水怎樣流動，他也怎樣流動了。命運，就是一種長江水。

〈橫江詞六首〉是李白面對洶湧長江的描寫，是組詩；除第一首外，全由七言絕句組成。「橫江浦」是今安徽境內一個長江渡口（碼頭）。到那兒去，若不是去接人，就是去渡江了。有說這是李白年輕時寫的，有說是中年的創作，也有說是他晚年的作品。這我無法確定，但當時風高浪急，情況十分凶險，卻是可以肯定的。至於詩句裏面有沒有對朝廷生態的形容，我不願意探討。我覺得這麼讀詩未免沒趣了（甚麼都牽涉政治民生？這太寡，太沒有安全感了）。我只知道李白六首短詩都寫得非常生動。篇幅不多，這裏只介紹其中一首。

〈橫江詞六首・其四〉

海神來過惡風迴（海神經過，惡風徘徊不去），
浪打天門石壁開（就算是梁山〔天門山〕也給劈成兩半了）。
浙江八月何如此（即使是八月的錢塘江浪潮，和這裏的波浪怎麼能比）？
濤似連山噴雪來（這浪濤洶湧，就好比一排山脈同時把積雪向這邊噴發）！

此詩用四個情景描述長江的風高浪急。第一句說這惡神迴繞不去，寫風的蠻橫，第二句說梁山（這不是我們常說的張家界天門山）給劈開成二段，寫風的力度；第三行用錢塘江每年的大潮襯托此時的風浪，訴諸「高端事例」，以收比較之效；末句再度加強，用「連山噴雪」這動感極大的畫面來擴闊讀者的想像。才不過二十八字，詩人已經為我們帶來了「風鞭」、「地震」、「目觀」、「身受」的「經驗」，這又豈是「厲害」二字能夠充分描述的？

孤帆一片入天門

李白的「動感」在詩裏發揮得淋漓盡致，我讀着讀着都「暈浪」了，猶如親自上了船渡江一樣。如假包換的水上漂李白，把我們也帶到長江上去了。李白的「漂流」詩，尚有一首可以與〈早發白帝城〉匹敵。這首七絕就是〈望天門山〉：

〈望天門山〉

天門中斷楚江開（天門山〔東西梁山〕中間斷開，長江奔流穿峽而過），

碧水東流至北迴（碧綠江水向東流到此處，拐了個大彎好像要流回來）。

兩岸青山相對出（兩岸青山一個接一個地向我冒出），

孤帆一片日邊來（只見一片帆影在太陽附近飄過來）。

此詩落筆果斷，氣魄恢弘，「楚」字言地區、亦説地勢，引發雄奇驚眼的聯想；對李白和讀者來説，楚在中原之外，帶點神秘美。「開」字呼應「斷」字，互為因果，不知先後，力度逼人來。「天門」雖是山的名字，卻有份成就首句的氣勢，使

讀者屏住呼吸。

「碧」作主色，「水」為主角，「東流」是勢，「至北迴」則提供大大的意外。我們的腦筋也得「急轉彎」，隨着詩人的小船順水而行。正因為兩岸青山相繼撲面而來，我們可以想見大江如何盤山而行。小船的觀點不停轉換，得收此視覺效果，此乃詩人在船上的「主觀鏡頭」所「拍攝」，非常有新意。

此詩的末句更有點詭異之美——到底此行所見到「孤帆一片」，是李白身處的舟子，還是他看見的另一帆船？這已非常耐人尋味。我比較認同那是指他目的地岸上之人所見的、他所乘的船。為甚麼呢？因為流水的方向，若指另一艘船，運用「來」字，就必須指對方逆水行舟了，這會緩減整首詩的速度，估計可能不大。反之，如果真的指岸上來迎接的人眼目所見，則視角又轉換了。李白險中求勝，又一次得手。

李白幾乎是強迫着我們喜歡他的。我當然樂意至極，但也感到他的掌風和毛筆下的長江大水，衝擊力實在太強。無論如何，讓我們一起登船吧！

多讀一兩首

〈宣州謝朓樓餞別校書叔雲〉——這是李白經典中的經典，表達他對現況的失望，和渴望真正自由、不再悲傷的心情。

天地一沙鷗

——總在飛行的杜甫

安史亂生，詩人顛沛流離

西元七〇〇年，「文學盛唐」的如雲猛將開始一個一個地長大；半世紀後，安史亂生。李、杜兩位大詩人都經歷了此變帶來的悲苦。

一寫到杜甫的詩，我就覺得「為難」了。為甚麼呢？因為他的詩幾乎首首都傑出優秀，要談的話，該從何說起？要割捨的太多。為了配合這一輯特別強調旅途心境的作品，我最後選了杜甫的〈旅夜書懷〉來細讀。

杜甫是我最敬愛的中國詩人，我始終認為他的才華與學力是中華民族數千年來的第一絕配。讀他的詩，整個人會給他的筆力、人格和際遇提升、鼓勵及感動。這本小書會幾次談及他，我還是覺得這些話實在輕薄得對不起這位偉大的詩人。

投靠武夫

〈旅夜書懷〉是杜甫在總結自己的一生：人在旅途，前景未明，該做的事做了，應得的功名不重要了。他把自己收縮成一個小點，感知天地之巨大和個人的微小。誰懂得他？誰珍惜他？他不知道；其實一千二百多年來不知有多少讀者感同身受，與他在不同的時空湧出一腔熱血、滿襟淚水。

安史之亂亂了八年（七五五—七六三），那些年間，百姓落在流離戰火中，杜甫一家也不例外。經過幾番波折（此處不贅說），他們往四川投靠嚴武。嚴武是誰？人如其名，此人十分「武」派。

嚴武（七二六—七六五）是個有才華、尚武卻不甚用功讀書的將領，其實他詩寫得不錯，也有存世者。《舊唐書》說他「廣德二年破吐蕃七萬餘眾，拔當狗城；十月，取鹽川城，加檢校吏部尚書，封鄭國公」。因為曾擊退吐蕃，年輕有為，軍功顯赫，官至劍南節度使（全國十個節度使之一），是個大官。但他恐怕患上了躁狂症，對人脾氣很差，動輒要殺人。但他實在欣賞杜甫，收留了他和家人。這是情誼，也是大義，但這位嚴先生卻同時失之於「小」節；嚴、杜二人是好友，但不盡和諧。杜甫喝醉了會罵他，他也氣得要殺杜甫。

想像兵荒馬亂之際，杜甫寄人籬下，而「飯主」是個情緒不穩的小子大官，他能不感到悲屈嗎？不過，後來的讀者都感激嚴武，因他保住了杜甫，催生了華夏文化中許多偉大的創作。其實杜甫認識嚴武的父親，杜甫年紀也大他十幾年，他應該受禮待詩人。《新唐書》：「（甫）嘗醉登武床，瞪視曰：『嚴挺之乃有此兒！』武亦暴猛，外若不為忤，中銜之。一日欲殺甫及梓州刺史章彝，集吏於門，武將出，冠鉤於簾三。左右白其母，奔救得止，獨殺彝。」幸好嚴老太太及時出手救了杜甫，這事，我們應該非常感激她。

短暫歡喜

嚴武對杜甫算是最好的了，可也曾經幾次如此。後來嚴武因病去世，離開時只有四十歲。他去世之前，安史之亂已經大致平定。

杜甫於西元七六三年歡喜寫下〈聞官軍收河南河北〉：

劍外忽傳收薊北（劍門關外忽然有傳政府軍已經收復了薊北〔今北京〕一帶），

初聞涕淚滿衣裳（起初聽見，眼淚流滿衣襟）。

卻看妻子愁何在（回頭看看老妻及孩子還有甚麼愁容沒有；「看」，陰平聲），

漫卷詩書喜欲狂（大家輕鬆隨意地收拾書本紙張，開心得快要瘋了）。

白日放歌須縱酒（雖是白天，也要放聲高歌、肆意飲酒慶祝），

青春作伴好還鄉（此刻正是正月，大好春光，回鄉時一路都有好風景陪伴）。

即從巴峽穿巫峽（想像馬上乘船輕快地穿過川地和三峽），

便下襄陽向洛陽（接而前往襄陽就可以轉往洛陽了）。

沉澱成偉大的詩

可惜這種快樂只是短暫的，雖然安史之亂完結了，神州依舊滿目瘡痍，國家仍留在未熄的邊患和各種叛亂的煙火中，這首詩充滿還鄉的喜悅和期望，最後還是沉澱成

漂泊的真相。〈旅夜書懷〉書寫的，就是這蒼涼而美麗的真相：

〈旅夜書懷〉

細草微風岸，

危檣獨夜舟（高高的桅杆，夜裏獨行的舟子）。

星垂平野闊，

月湧大江流（江水流動，錯覺是月影兒在推動流水）。

名豈文章著（人有名氣果真因為寫得一手好文章）？

官應老病休（但論到當官，年老多病，可以休矣）！

飄飄何所似？

天地一沙鷗。

如果你在谷歌搜尋「天地一沙鷗」，首先彈出來的會是美國作家李查・巴哈的小說《天地一沙鷗》（*Jonathan Livingston Seagull*），此書於一九七〇年出版，並在美國創下頗佳的銷售紀錄。後來拍成電影，風靡一時，有譯者將杜甫的名句「天地一沙鷗」拿來做此書的中文書名。

但這真教我有點不舒服。杜甫此詩寫成於一千二百多年前，是頂尖兒的文學作品，譯者美筆，無意中竟叫此書名望高居於杜甫佳作之上。可惜的是，看此電影或此書的人，不全都知道這是杜甫的詩句；洋人固然不曉得，中國人也有些「不明」其來歷，真使人傷心。

這首詩的首聯和頷聯形成柔和斜坡，走在上面不會喘氣，層次卻已步步提高。「細草微風岸，危檣獨夜舟」是工筆畫正對，景深漂移，夜舟從迷濛變成清晰，細草微風則由清晰幻化成迷濛，二者拼合，如同電影鏡頭在變焦。故事徐徐開始了。這平凡的景象包孕着人生的無奈，或悲或歡都難以控制。一如「影入平羌江水流」，心的勾留與江水的奔走，大部分時間都是無法相容的。

杜甫寫「星垂平野闊，月湧大江流」二句，是要向李白致敬——「山隨平野盡，江入大荒流」出自李白的〈渡荊門送別〉。明代胡應麟《詩藪》認為李白已經寫得很好，乃「太白壯語」；但杜甫寫得更好：「骨力過之。」我雖然不完全理解「骨力」一語，卻模糊感受到他所指的是「內功」或「深情」——沉潛而穩妥的頓挫感。杜甫的致敬也有點向「老大」挑戰之嫌疑。最後，我認為他只是「以點數勝」，畢竟，他的頷聯建基於巨人的肩頭之上。「星垂」並不是指星星低掛，而是說它們有秩序地同時向西落下。星空在上，平野顯闊。孟浩然的「野曠天低樹」，有相似的美感，但杜甫的更為壯烈。此時天高地闊，一切井然有序，奇幻雄美的星空大幅運轉而不崩潰，堅持方向的流水自行奔走而不亂套，人類的生滅和追求，相對何其渺小。杜甫的詩歌是多元的，有深度的，人生經驗越是豐富，越能夠體會。李白學仙多年而坦言不知天意，杜甫順天而活卻精準洞悉人生。一道一儒，儒道皆生出高明的詩韻。「李杜文章在，光焰萬丈長」（韓愈〈調張籍〉），信然。

從〈旅夜書懷〉看，杜甫終於透悟人生了。相比於〈聞官軍收河南河北〉，他最後回答了「這又如何」的追問。文章再好，會帶來甚麼？官位再大，若像他現在那樣，又老又病能不「休」嗎？「休」字的唏噓遠大於「休息」或「退休」，它意味着人生發光時段的終止，它讓我們體會到英語所謂的transiency，旋起、旋滅，幻變而短暫；一生再如何輝煌，也不外一聲嘆息。我們都是人間的客旅，是寄居的。因此杜甫說自己「飄飄」於人世，飛翔時無法窮盡天地的偉大，自覺非常渺小。有人說杜甫此時仍對功名耿耿於懷，我覺得他不是。他是在那沙鷗的飛行中明白了這是天地無情的規律，只餘「敬畏」的謙卑姿勢，或進入了黃國彬教授說的「靈視」境界，讀之使人長嘆。

一千億倍的思念

——柳宗元啟發了余光中？

做詩人，生在中唐最不容易。初唐詩歌，面對剛成熟的格律取向，和剛開始的文學新時代，尚泅游於探索與適應的層面上，成績與方向都不穩定。可是盛唐一到，情況就大大不同了。著名的詩人如孟浩然、王昌齡、王維、岑參接踵到來，已經氣象可觀，盛極一時，李白和杜甫，更於此群中脫穎而出，幾十年間，詩歌藝術攀上了珠穆朗瑪峰。李白杜甫以及有力競選唐代三甲的王維，幾乎概括了整個時代的意識和潛意識，把各題材和風格都發揮得淋漓盡致。到了中唐，詩人要突破眾大師的天花板，建立自己的風格，真是談何容易。雖然困難，認真的詩人卻是不會棄權的。中唐幾位大家，就有這種體育精神。雖然他們沒有一個可以整體地超越李杜，卻也有偶然的成功，而且終於建立了自己的風格：韓愈、劉禹錫、李賀……全都教我們佩服。

望鄉的詩人

當然，只有百來首詩存世的柳宗元，也屬於這個光榮的行列。人所共知的〈江雪〉，置之盛唐可以無愧，放諸中晚更足自豪。柳宗元比韓愈小幾歲，也與後者一樣，以散文著名，以致很多人忽略了他的詩。事實上，柳詩煉字極工，意象奇警，視覺效果尤為突出。在下面這首詩中，更表現出詩人難以匹敵的驚人想像力。

〈與浩初上人同看山寄京華親故〉

海畔尖山似劍鋩（海邊的山峰好像劍鋒最利之處），
秋來處處割愁腸。
若為化得身千億，
散上峰頭望故鄉。

讓我們先看看「浩初上人」是誰。他是僧人，柳宗元的朋友，今湖南長沙人。那時，他來到柳州看望柳宗元。「上人」是對僧人的尊稱。此詩是說他們一起看山，把當下的情懷寄送長安的親人和好友。

一般認為，柳宗元的詩似陶淵明、謝靈運，平淡而穩重，神采比較內斂，作品散發輕柔的光暈。蘇軾說他的詩「發纖穠於簡古，寄至味於澹泊」，且與陶潛一般，「外枯而中膏，似淡而實美」。可是，〈與浩初上人同看山寄京華親故〉所表現的，卻是思緒飛揚的情致，酣暢疏爽的節奏，大膽清新的想像，與柳宗元其他比較舒徐的作品不十分相似。

詩的首二句與末二句，分別組成兩個意象。「海畔尖山似劍鋩」先言環境，以及入眼風光。以「劍鋩」形容山的形狀，單就這一句來說，這是個明喻，把山峰的險峭削拔描繪得傳神。可是一進展到第二句，這個比喻就多加了一個層次。「秋來處處割愁腸」把「似劍鋩」三字單純的視覺功能提升了，成為「割」字的起點。換句話說：「似劍鋩」可說是因為山峰很尖利，故形似；亦可說因為它直搗內心，惹起鄉思，使人肝腸寸斷，痛楚萬分。二句的進展是自然的，輕捷的，文字極為平易，但境界可觀，循序漸高。再回頭看，「海畔」交代了環境，「秋來」點出了時節，二句合起來更有真實感，顯出詩人功力深厚。

柳宗元此詩末二句承接上面勾起的「愁」，再發展成為盼望。望着遠山，詩人亟欲乘風歸去，無奈故鄉（其實是長安）千里，一時只有無盡的惦念，卻不能真的回歸。為了表現夢之所依、情之所急，詩人就寫下了「若為化得身千億，散上峰頭望故鄉」這千古傳誦的名句，一則以想像描繪詩人的冀盼，二則以誇飾形容詩人的焦灼。

柳宗元與余光中

我總有種感覺，是未經證實的。余光中教授在早期散文〈咦呵西部〉一文中如此寫北美的山：「……這是落磯大山，最最有名的岩石集團，群峰橫行，擠成千排交錯的狼牙，咬缺八九州的藍天。」（〈咦呵西部〉收錄於《望鄉的牧神》（香港：正文出版社，一九六八））余老師會不會是受到了柳宗元文字的啟發、用他最擅長的散文向這位唐代散文大家致敬？我如此猜想，是因為余教授這篇散文，也有表達鄉愁的意思：「咦呵西部，天無礙，地無礙，日月閒閒，任鳥飛，任馬馳，任牛羊在草原上咀嚼空曠的意義。但我們不能久留。有一條海船在洛山磯等我，東方，有一個港在等船。九命貓。三窟兔。五分屍。因為我們不止生活在一個世界，雖然不一定同時。因為有一個幼嬰等待認她的父親，有一個父親等待他的兒子。因為東方的大蛛網張着，等待一隻脫網的蛾，一些街道，一些熟悉的面孔織成的網，正等待你投入，去呼吸一百萬人吞吐的塵埃五千年用剩的文化。」柳宗元的這一「千億」，說不定就是余光中教授的生死分身術——「九命貓。三窟兔。五分屍。」——身既遊走大地，心卻戀戀不捨地留在家中。

對離鄉背井的人來說，「上峰頭」而「望故鄉」是再自然不過的事，但如果詩人只寫首兩句，文字就略覺平淡，說破了卻沒有證據。可是，加了末二句，這個意象的層次就大大提高了。「化得身千億」採用了龐大的數字，暗示回鄉冀盼之無比強大：那就是說，即有軀體千億，都只會做同一件事，那就是翹首望鄉。思鄉情切，千億倍於一己之能當——這是多麼精彩的詩句啊！鄉愁的濃烈，思念的難熬，在柳宗元的筆下不止鮮明，簡直是在飛騰跳躍。

總而言之，這首詩勝在想像奇警新鮮，用喻精到活潑，亦很能見出中唐詩人力求突破的努力。這樣出色的詩人，提起筆來寫散文，不成大家才怪。

多讀一兩首

〈江雪〉——和這首詩剛好相反，〈江雪〉是靜態的、凝神的詩，同樣是千古傳誦的佳作。

何處是吾鄉

——劉皂和我們這一代人的疑惑

詩存數首，讀之心酸

詩人劉皂（大概七八五—八〇五），他去世時，杜牧剛好兩歲。以前我不大認識他。五萬多全唐詩中，只收他數首，名作〈渡桑乾〉又一度歸入賈島名下，看起來他有點慘。

其實他的詩寫得很動人。後來，論者終看出〈渡桑乾〉不似賈島詩，卻似劉皂另四個作品。劉皂乃唐德宗時代的人，估計認識王叔文、韓愈、柳宗元、劉禹錫、白居易等大作家。其他資料我沒有了。

我選他的〈渡桑乾〉做客旅詩的最後一首，是因為此詩所說，和當今世人的心情極為相似：

〈渡桑乾〉

客舍并州已十霜（十年），

歸心日夜憶咸陽（長安）。

無端更渡桑乾水（在回京路上一下子渡過了桑乾河），

卻望并州是故鄉（回望并州，并州卻更像故鄉）。

精神歸屬，隨事遷移

并州在長安以北，古為大區如省；唐時地域大概就是今日的太原。劉皂於此工作居住了十年。何故？沒資料。不過他日夜思鄉，鄉，就是咸陽，亦即長安。和出差在外的所有長安人一樣，長安才是他精神的歸屬。

可是，當他真的從太原走向長安，渡過桑乾河之後，心就亂了。一時間，他回頭看看北方住了十年的家，它竟然亦已變成故鄉了。那麼長安呢？

這種感受，難道不也是在說今日離港他往的移民嗎？那些從加拿大、澳洲、英國等地飛回香港探親的人，和家人朋友吃幾頓飯，看看各大商場，買些外國買不到的藥材就匆忙離港「歸家」了。日夜思念的童年生活、同學朋友、事業愛情以及一切和香港掛鈎的經驗，並沒有得到很大的體味和滿足，回港，反成了一種對鄉愁或親人的交代。這一切，遠不如新鄉一個只懂得講英語的孫兒。

客心流轉，兩頭思鄉

甚麼造成這種兩頭思鄉，總不能滿足的流轉客心呢？答案是人的感情。人總在目前的階段不自知地累積感情。眼前的一小片地面，一天一天地印入內心。讓我舉個例子。小時候我只待過半年的長洲國民小學，大概不會記得我，我卻視之為母校之一。

劉皂給鄉情的襯托也是秋天。「十年」，寫作「十霜」，固有押韻之美，也有經年累月之嘆，更有寒冷的感官經驗。這不是理念上的十年，而是十組充滿記憶的春夏秋冬。對長安思念日深，老去而無功的感嘆也日漸強烈。此「霜」字用得甚好。

第二句強調的是「日夜之憶」，既表心事，亦言抱負。描述全無間斷的鄉情，為的更是鋪墊後面兩行的轉折。渡過桑乾河，不是正在回長安嗎？對，走在正確的回鄉路上了。但此河卻像一句嘹亮的話，它提醒詩人，你一過此河，長安在望，你的立場就變了，牽掛的對象也變了。

身為地球公民，千多年後的今日，我們的鄉情更複雜，這都不是高鐵或飛機解決得了的。劉皂的心情充滿拉力，能寫出來；我們的心情也混亂，卻只有在讀詩之時熱淚盈眶了。

多讀一兩首

〈邊城柳〉——寫春天新抽芽的柳樹青青的顏色引發的鄉情。鄉指長安。柳樹是離別的象徵。

第三輯

一夜征人盡望鄉

對中華民族而言，唐代是相對強大的朝代。但是，西元七五五年，發生了安史之亂，此亂持續八年。期間，國家耗盡資材，人口銳減；勉強平亂之後，又遇吐蕃擾邊，軍人還是沒法休息，很多戰死沙場，回不了家。回鶻汗國也是邊患源頭。後來汗國崩潰了，其國民四散，成幫成派，侵擾唐民，百姓繼續遭殃。大戰小戰，構成了唐代下半部的歷史。

人類沒學會教訓，今日世界依然充滿戰火。烏克蘭、加沙、南亞、東非……每天都有年輕力壯的軍人頃刻間喪命。他們無法看到父母善終和孩子成長，也難以和妻子白頭偕老。唐代的反戰詩不少，角度也多，我們在這一輯裏會讀四首。

李益聞笛

——從「征人」的角度看戰爭

唐代大曆（七六六年十一月—七七九年十二月）年間，有出色的人物，也有故事。如今，我把這時代簡化為一位詩人，他就是李益。我們今天細讀的七絕，是長期從軍的李益動人的邊塞作品。

「大曆」是唐代宗的第三個年號，有十三年零一個月那麼長。這個年號何以在文學史上著名？因為當時出現了「大曆十才子」之說——雖然當初的名單裏沒有李益。這些人，常常互相贈詩，我們稱這種活動為「唱酬」。不過，這十位才子的名單一直在細細變動。清代開始，李益就給列入了，可見他詩名顯赫，後人無法忽視其才華。我覺得人留下好作品，是非常重要的。

令人驚奇的是：最後才給列入的李益，竟成了最有「名氣」的一員；除了實力，可能還另有原因：他是傳奇小說《霍小玉傳》裏面的「男一」，也是「陳世美」一類的薄倖郎。可我不敢這樣審判他，因為這只是故事，而且不知當中有沒有偏見和惡搞成分（例如說小玉也為了報仇變為厲鬼欺負李益的妻子）。男女感情，複雜萬分，外人不好評論。我只知道他寫了優秀的詩，今天我們就來欣賞一首人道主義反戰詩。

〈夜上受降城聞笛〉

回樂烽前沙似雪（回樂〔名字〕烽火台前，沙白得像雪），
受降城外月如霜。
不知何處吹蘆管（不知軍營哪兒響起了蘆笛吹奏的曲子），
一夜征人盡望鄉。

這首詩描述的，不是中原景色，而是現今寧夏境內的「受降城」。據說，唐初為防止突厥侵擾，就在黃河以北分建東、中、西三座受降城（好自大的名字），作為防禦基地。李益應在那兒工作過。他親自經歷過戍邊軍人的想家之苦。

詩的第一、二行是鋪墊描寫，充滿感官經驗。第一行的「沙似雪」，既有視像上的錯覺、也有寒冷死寂的暗示，更直接點出了北方乾燥苦寒的沙漠環境。前面的「烽」字，是指烽火台；這樣寫更能創造邊關的氣氛；在沙、雪之外，火也在聯想中「出現」了。我們戲稱這樣的句子為「懷孕」的詩句（A pregnant line），因為她內外都很豐富。第二行，寫的是月亮和月亮的光。月亮，自古就是中國詩歌裏思鄉念友的象徵——「如霜」似用李白典。征人望月，就是思鄉。月亮的光線，打在沙地上，就是沙似雪的原因了。「沙似雪」和「月如霜」兩個明喻，表達了多少願望啊！比如說：天氣冷了、快冬天了。冬天，就該團團圓圓和親人一起吃飯，為何我們還在這裏守着或等着爭戰呢？

在這沉重、無聲、廣袤的天地裏，忽然響起蘆笛的聲音。它雖然微小，卻把讀者的想像快速地從視覺和觸覺轉移到聽覺，而這小小樂曲，該是吹笛人家鄉的簡單樂曲，直接就鑽到每個征人和讀者的心裏去。在保家衛國和一家團聚的責任和幸福之間，我們的各種感情出現了拉扯，詩就有了力量。

陳耀南教授在《唐詩新賞（下）》（香港：三聯，二〇〇六）評賞此詩時說：「絕域荒涼，久戍思歸而不得——這是所有邊塞詩的共同題材，這首詩卻寫得特別清新、空靈、簡潔。前半對偶工整而又自然，兩句寫『色』，第三句一轉，聲入而心通，通天下征人與家鄉之心，於是由荒漠蘆管而天下弦管，傳唱於後世。」說得真是到位。

多讀一兩首

〈喜見外弟又言別〉——很歡喜見到表弟，但才一陣子又要分別了。古時交通不便，國家又大，很難才能見見面。這也是李益的感嘆。

撿破爛的李賀

——從「兵器」的角度看戰爭

我們今天再談李賀。在許多名作中完全將自己抽離的李賀，有時也會投入詩歌的場景，用「我」來感受、來説話。其中相信以〈長平箭頭歌〉最兼備詠史、詠物之長，感情又最為深摯：

〈長平箭頭歌〉

漆灰骨末丹水砂（黑灰、白骨粉末、紅色的水砂石），

淒淒古血生銅花（淒冷的古人之血使銅箭頭生出綠色的鏽）。

白翎金簳雨中盡（白色箭末羽毛，金色竹箭身在風雨中銷蝕了），

直餘三脊殘狼牙（單單剩下三面尖刃、殘缺如狼牙的箭頭）。

我尋平原乘兩馬（我特意乘馬車來到這平坦的古戰場），

驛東石田蒿塢下（驛站東面石地旁邊的蒿草叢下）。

風長日短星蕭蕭（風一直吹，太陽下山了，數顆星星顯現出來），

黑旗雲濕懸空夜（甚麼都沒有的空空夜裏，只有幾片黑雲如軍旗高懸）。

左魂右魄啼肌瘦（左右都有飢渴的鬼魂在哭號），

酪瓶倒盡將羊炙（我把奶瓶傾盡，烤羊獻上，以祭祀亡魂）。

蟲棲雁病蘆筍紅（蟲子回家了，雁兒不動了，蘆葦的苗子紅起來），

迴風送客吹陰火（旋轉的風送我離開，煽亮了鬼火）。

訪古汍瀾收斷鏃（來到古戰場，我流着淚撿起箭頭），

折鋒赤壘曾刲肉（鋒刃殘破，裂痕呈紅色；此物以前曾經切入人體的皮肉之中）。

南陌東城馬上兒（南面小路來自東城的騎馬少年見我拿着古箭頭），

勸我將金換簝竹（竟說：插上竹子仍可以用呢〔他竟然仍想着如何殺戮〕）！

就名氣而言，〈長平箭頭歌〉遠趕不上〈雁門太守行〉，更遑論與〈金銅仙人辭漢歌〉相提並論了。不過，這首詩本身的成就，卻大大超過它所得到的注意：它顯示了李賀在詠史、描摹和敘事各方面的造詣；此詩分為四節，結構扎實健當，起承轉合都揮灑自如；更兼意象新鮮，氣氛掌握得極好，全詩以賦的手法為主，比的方式為輔；結語深沉而瀟灑，惹起悲情無限，是詩中唯一用興寫成的地方，意在言外，極為動人。

箭頭出土，戰雲密佈

《元和郡縣志》記載：「長平故城在澤州高平縣西二十一里，白起破趙四十萬眾於此。」長平，在今山西高平縣西北約二十里之王報村。

《圖書編》說：「長平驛，即秦白起坑卒四十萬人處也。問居人，不能指其所，第云旁村人鋤地，尚得銅鏃如綠玉。」

這首詩就是記述詩人一次到訪此地，撿到古代戰爭所遺箭鏃（箭頭）的經過，以及這個經歷所引發的感受。全詩共十六行，分四節寫成，每四行為一節，先後描述箭鏃的樣貌、到訪古戰場的情景、祭祀的經過以及離開時的感受，用筆層次分明，敍事井井有條，是十分完整的作品。

首四句如一個特寫鏡頭，焦點集中在一個銅造的箭頭上。由於已經過了約一千年，這個金屬箭鏃已失卻了光澤，久經氧化和侵蝕，使鏽綠色的它同時顯出紅、黑、白等顏色。清代學者王琦說：「箭頭之上，其色黑處如漆灰，白處如骨末，紅處如丹砂。蓋因古時征戰，常染人血，積久變成斑點故也。」平庸的詩人，無法寫出「漆灰骨末丹水砂」這樣的句子來，原因是一行只七個字，作者不但繪畫了黑、白、紅三種顏色，並且把質感也描寫得很仔細。金屬受蝕後，的確常變得粗糙，以及產生粉粒。「灰」、「末」、「砂」三字冷硬磨手，正好描寫了古箭鏃的狀況。再者，「漆灰」與「骨末」很能引起死亡的聯想，而「丹水砂」則使人記起戰死者的鮮血，整體來說，這一句極能勾起讀者對古戰場慘烈狀況的想像。「凄凄古血生銅花」如一道橋，連接起過往現今：血的溫熱與鮮紅，經過千年埋隱，卻變成了碧冷的銅綠色。血而曰「淒淒」和「古」，可見生命如何在歲月中幻滅，與「恨血千年土中碧」（李賀〈秋來〉句）一樣，表達了「人雖死而恨難銷」的情感。戰事已成過去，箭身已經腐毀，但依然餘下戰事慘痛的印記——「白翎金簳雨中盡，直餘三脊殘狼牙」，那殺人的箭鏃依舊兇殘。二十八字，道出了箭鏃的顏色、年代、形貌和它的殺戮本質，顯示出李賀在描寫方面詩藝精湛。

帶血古物，驚心動魄

詩歌繼而進入了敍事的第二節，講述詩人到訪長平時的情景。「我尋平原乘兩馬，驛東石田蒿塢下」二行顯示詩人來到此地，並非偶然，而是「尋」（特別前來）來憑弔古人的。長平驛一片淒荒，田是瘦脊的「石田」，草是亂生的蓬蒿，一切都散發着死亡的「本色」。「風長日短星蕭蕭，黑旗雲濕懸空夜」，風長號，日低沉，疏落寂寥的星星，在黑雲間淒然閃動。清代王琦在《李長吉歌詩彙解》說：「二句言古戰場內慘然可畏景象」，明末清初的學者姚文燮亦認為本節四句言「我來長平之原，於荒燕之地，傍睨景物，倍盡陰慘」，二者之見不謀而合。這四行詩，傳遞的是哀傷的死亡信息——它正如夜空裏的濕雲一樣，懸掛起黑色的軍旗。詩人由衷悲慟，於是開始了他對死者的悼念祭祀，引入人鬼接觸、驚心動魄的第三幕。

戰國時代，秦將白起（西元前三三二—二五七）在長平活埋了四十萬趙國士兵，僅讓年幼的小軍人回國報信。這個數目即使有點誇張，亦肯定留下冤魂萬千，且都是離鄉背井的征人，死後沒有後人祭祀，也無人特意來紀念。李賀到訪長平驛，不禁為這一群冤死的人唏噓感嘆。他把帶來的乳酪和烤羊奉上，作祭祀之用。在這過程中，詩人想像身邊成千上萬的孤魂野鬼，不斷哭號，訴說因無人來祭，千年來嘗盡肌瘦之苦——詩人此一奇想不但使詩歌的氣氛鮮明突出，更對戰爭提出了強烈的控訴。本來慘烈的戰事已成過去，但在李賀眼中，它遺下來的痛楚和怨懟，卻無法磨滅，在這古戰場上，縈迴經世。在詩的世界中，陰陽的分割，年代的隔閡，無法阻止人鬼間共通的厭戰之情。所以當詩人來祭，四野遊魂來就；當詩人離開，他們依依送客。此般光景，本是至為恐怖、使人顫慄的：「蟲棲雁病蘆筍紅，迴風送客吹陰火」，但因為人心的同情共感，這可怕的舞台上竟演出了動人的一幕。讀到這裏，讀者已經自然感到「蟲棲雁病」之所以然了。這種萬物生情，陰陽感應的境界，與「天若有情天亦老」（〈金銅仙人辭漢歌〉）一樣動人肺腑，是李賀詩中極其有力的一環。

人之不仁，難以置信

詩歌末段一轉，以急促的入聲韻作結。詩人的思緒自幽冥詭異的陰界速回陽間。他撿起殘破的箭鏃，作為這一次訪古的終結：「訪古汍瀾收斷鏃，折鋒赤璺曾刲肉；南陌東城馬上兒，勸我將金換簝竹」。詩人凝視着「斷鏃」，愴然淚下，他想到「箭鋒已折缺殘敗，而當日穿堅入肉，其傷人之毒猶可想見」（王琦《李長吉歌詩彙解》），更感到這殘暴的印記，應當成為歷史的鑑戒。然而，就在此時，南面小路上一個騎着馬的少年從東城迎面而來，見詩人拾得箭鏃，竟生出興趣，主動教詩人去買一根竹子，把箭頭重新裝上。配好的箭，當然用以殺生。人類執迷不悟、殘暴成性，在這簡單的事件中表露無遺，全詩以此收筆，沉鬱頓挫，使人深思，是極具深度的結語。很可惜，很多評注都沒有提到這個結語點睛的意義，只有明代的楊妍謂：「言我方弔古之不暇，而馬上兒乃勸我將金換之，甚矣，人之不仁也。結得有回場。」這個看法精闢敏銳，說出了詩歌的中心題旨和作品對人性的理解，真是獨具慧眼。

一般對這首詩都頗為稱許，但只是三言兩語，未足道出它的優點。宋代的劉辰翁說李賀「善賦」，過分簡單；清蔣楚珍說得較為詳盡：「此所謂泣鬼神也，看他形容詳盡，不止瑰異；中段得箭鏃之由，布景慘裂。」

在我們看來，「善賦」與「形容詳盡」的高明技巧外，這首詩的結構和深度，都值得讚歎，其成就當可與李賀的其他名作並駕齊驅！

多讀一兩首

〈京城〉——這首五絕大抵寫於長安遇挫之後不久，文字淺易，直率動人。

和雁兒說話的杜牧

——從「難民」的角度看戰爭

從李白到杜牧，亦即是從「大李」到「小杜」，不覺百年。這一個世紀裏，唐代出現了多少偉大的詩人！這是內憂外患的時代，也是詩風最盛的時代。

提起杜牧，首先想到的或是他的〈清明〉：

清明時節雨紛紛，路上行人欲斷魂。
借問酒家何處有，牧童遙指杏花村。

杜牧詩句資訊之豐富以及表達之自然，使人吃驚。節氣、天色、場景、情緒、對話、童聲、地點、時花……一概清晰明媚、充滿酒香詩意，品味高雅，此詩是幾近完美的作品，易誦易記，琅琅上口，真是淺可淺讀、深有深嘗，杜牧綵筆，圈粉萬千。

李賀杜牧，唐代瑰寶

杜牧是李賀的知音。李賀的詩集《李賀歌詩集》最初是由李賀自己編輯的，他的好友沈子明也有一份。沈也是杜牧的相識。李賀和杜牧都才華橫溢，但前者早夭，二人生命相疊之時不多。對杜牧來說，他這位早逝前輩的身影卻清晰飄逸。

故事是這樣的。杜牧在《李賀歌詩集》序中寫道（已經語譯）：

「大和五年（八三一）十月中，夜半，外頭有人叫喊着說有書信送來，我說：『一定有甚麼事了，快拿燈火來！』打開信件，是集賢殿學士沈子明的一封信，上面寫道：『我故友李賀，元和年間與我交情深厚，早晚在一起。李賀將死的時候，把生平所寫的詩交給我，輯為四編，有上千首（其實只有二百多）。這幾年來我四處奔波，以為已把稿子丟失了；今夜酒醒後，不再能睡，就整理書箱，忽然找到李賀先前交給我的詩稿。往事歷歷在目，凡是與李賀談話、玩樂，某地方、某場景、某日夜，每一次飲酒和每一次吃飯，都清清楚楚一點不漏地展現眼前，我情不自禁流下了眼淚。李賀無妻無兒無兄弟（其實他有個弟弟），讓我按時供養體恤慰問。我在遺恨中追想他的為人，吟誦品味他的詩文，思及你我感情深厚，請為我給李賀的集子作個序，釋讀他作品的來龍去脈，或能稍減我對李賀的哀思。』當夜太晚，我不能用書信表明我不敢寫序，第二天親自到沈公府邸推辭，並說：『人都說李賀的才華遠超前人（言下之意是我不配做寫序人）。』幾天過去了，我竭力推讓說：『您對詩的認識深入廣博，又完全了解他作品的長短得失。我雖有幸為李賀的詩作序、不再敢推辭，估計不能使您稱心滿意，怎麼辦？』我再次推辭，極力表示自己不敢為李賀的詩作序。沈公說：『你再這樣，就是怠慢我了。』我因此不敢再推，勉力為李賀的詩集作了序，但始終感到自己不配。」

杜牧面對前輩李賀的作品，不敢為他寫序。他的詩受李賀的影響，卻是確定的。我覺得，李賀以後，杜牧是第一個主要詩人，而他作品的水準一點也沒有愧對前輩的地方。我們今天要談的，是杜牧一首涉及「小型戰爭」的詩。

回鶻開弓，雁行驚散

那個時代，有一個邊族叫做回鶻（粵音「回核」，又稱「回紇」），他們有自己的汗國。「汗國」是突厥語，意指王國或政治實體。到西元八四〇年之後幾年間，汗國崩潰，部分回鶻人西遷，部分在北方變為賊匪。無論他們有自己的國家還是亡國了，都搶掠欺凌老百姓。有些人為了避開他們，往南走避，以致流離失所。杜牧是個感情豐富的人，看見自己的同胞被迫離棄家園，痛心疾首。他寫了七律〈早雁〉，描述和安慰這些難民。

〈早雁〉

金河秋半虜弦開（秋天時，北方內蒙一帶，回鶻人拉開大弓射殺雁兒），
雲外驚飛四散哀。
仙掌月明孤影過（長安銅鑄仙人舉掌托起的承露盤旁邊，失群的雁飛過），
長門燈暗數聲來（漢代長門宮內陳皇后因失寵而傳出嘆息，孤雁也鳴叫）。

須知胡騎紛紛在（要知道回鶻人的兵馬一直都在），
豈逐春風一一回（雁兒呀，春天雖然到了，難道你們真的都要回到北方去嗎）？
莫厭瀟湘少人處（請不要嫌棄湖南中南部人口不多），
水多菰米岸莓苔（這地水裏生菰米，岸上長莓苔，要吃的都有；請暫且落腳吧）。

這首詩我第一次讀時已經深受感動。這是一整個龐大的意象——雁群本是一起行動的，每年南來北往，歸回原居地。此處給「虜弦」打散了的雁，象徵南逃的百姓，他們隊形凌亂，親離子散，許多人落單了，一些在這裏、一些在那兒。杜牧看着這些本來有家庭有根基的人民漂流南方，感到非常心痛。

詩歌的第一、二行寫的是難民出現的原因。敵人開弓胡亂攻擊，百姓無法抵擋。他們驚叫着、一家人潰散了，變成鰥寡孤獨，零丁流浪的人，錢用完了，或就一路乞討，或且避且行，離開北地，只求餬口生存。

朝廷不力，詩人發聲

第三、四句說有些雁兒掉了隊，就在官府眼前，孤獨飛渡長安的夜空。這是在說：「朝廷啊，這可憐的景象，你們是看得見的呀！」「仙掌」寫的是長安建章宮內銅鑄仙人舉掌托起承露盤。用這麼多銅、鑄成很大的仙人之像，叫他用手掌托起「承露盤」來幹甚麼？原來這是漢代王帝「求長生」的方法。從高處的承露盤收集得來的露水，說是喝了得以不死。長門宮內的陳皇后又為何嘆息？不過為了「求榮寵」。大家怎麼不看看這些流離失所的百姓呢？

第五、六行是告誡北方的難民不要像雁兒那樣，整天想着重返故居了，因為惡人還在作惡，大家還是留在南方吧，起碼可以飽肚子。雁是候鳥，氣候一變就自動南來北往，「但同胞們，你們雖然思鄉，卻要理性處理問題，留在魚米之鄉，還可以生存下來。」這是詩人的真情勸說。

此詩的末二句為絕望的雁兒提供了出路，更溫柔出言勸慰，含蓄地鼓勵他們。我們從頭再讀一次，可以感受到杜牧對朝廷的失望。皇帝和朝中百官已經享盡榮華富貴，還要爭榮寵、求長生，而人民卻飄零無家，沿路行乞，只望能夠生存返鄉，二者落差之大，使站在中間的杜牧無法自處。

用一整個巨大意象來描述一種情景，是文學上很高的境界。全詩沒有離開過「雁」這喻象，又能緊扣本體「難胞」，衍生出許多合情合理的細節，這已經證明杜牧的同輩難以匹敵的文字功力，他更能在這麼少的文字中用典、用故。典、故是略微不同的。用典指引書，用故指引事。上面說了「金銅仙人」和「陳皇后」的故事，不就是用故嗎？杜牧寫《李賀歌詩集》的序言，一定早就讀過李詩。李賀的第一等名作中，就有〈金銅仙人辭漢歌〉，杜牧一定甚為欣賞。他把「金」字用在「金河」一詞上，同樣引起視覺聯想。其他用詞，也受李賀影響，涉足巴洛克藝術殿堂。這一點，後面會說說。杜牧的設景、氣氛尤其像李賀，晦暗的夜色、孤單的身影、《楚辭》的草木、南方的迷離和生死之間的掙扎，都與李賀的詩相近。為李賀的詩集作序，杜牧比誰都合適。有時我想，李賀和杜牧（而不是杜牧和李商隱），是更理想的「小李杜」，因為杜牧是李賀的粉絲，就像杜甫崇拜李白一樣。這一點很有趣。杜牧這樣形容李賀的詩，我覺得杜牧也有一樣高的水準，故也想用杜牧讚美李賀的話向他致敬：

雲煙綿聯，不足為其態也；水之迢迢，不足為其情也；春之盎盎，不足為其和也；秋之明潔，不足為其格也；風檣陣馬，不足為其勇也；瓦棺篆鼎，不足為其古也；時花美女，不足為其色也；荒國陊殿，梗莽丘壟，不足為其恨怨悲愁也；鯨呿鼇擲，牛鬼蛇神，不足為其虛荒誕幻也。

李賀有一位如此懂得他的讀者，不枉一生嘔心瀝血地書寫；杜牧能為這位前輩的詩歌作序，也無悔生為中晚唐人了。

多讀一兩首

〈山行〉——寫杜牧在山上看見秋天紅葉而深感迷醉的抒情詩。

春閨夢裏知陳陶

——從「征人妻」的角度看戰爭

《中國國家地理》雜誌的網頁這樣描述西安南面的終南山：「終南山，簡稱南山，是秦嶺山脈的一段，西起寶雞市眉縣、東至西安市藍田縣，主峰在西安長安區內。素有『仙都』、『洞天之冠』和『天下第一福地』的美稱。……終南山似乎成了隱士的象徵，（從西安出發）僅一個小時就可以到達的終南山，就是古代傳說的那座仙霧繚繞的、隱士出沒的仙山。如今，仍有五千多位修行者隱居在那裏，過着和一千年前別無二致的隱居生活。」

我上一次去西安，沒上終南山，引以為憾。下次一定要上去看看。畢竟，唐代詩人在那兒足跡重疊，想起都心動。他們誰都寫過終南山，此山已經成為一種象徵了。在唐代，主峰在長安南方的終南山是隱士的標識，今天，它變身成為唐詩的記號。成語「終南捷徑」更讓我們想起不止一位詩人。何謂終南捷徑？為何要談終南捷徑？原來那就是人在仕途不順時靠着「上終南山修仙學道扮隱居」的方法，引人注意，即是建立清名、「以退求進」的入仕方法，此詞含貶義，指的是虛偽的做人態度。這牽涉到我們今天要談的晚唐詩人陳陶。

大江南北，更勝功名

陳陶（約八一二—八八五），晚唐詩人，比杜牧小九歲，和溫庭筠同年，比李商隱長一歲。籍貫有多種說法，這裏不詳述。他早年去過長安學習，善寫詩，但沒有進士銜頭，於是寄情於山水，到過江西、福建、江蘇、浙江、河南、四川、廣東等地。唐宣宗大中（八四七—八六〇）年間，他隱居洪州西山（今江西）學仙，後來就沒有消息了。陳陶詩名頗大，詩作多寫旅途感悟或隱居學仙的過程，但他也寫過投贈權貴求推薦到朝廷做官的詩，可見他並非完全沒有入仕之心；同樣，由於他的遊歷如此廣闊，他對人文地理大自然的認識，也不能不叫我們打從心裏佩服讚歎。

晚唐詩壇可謂人丁單薄，陳陶、溫庭筠和李商隱在兩年之內出生，非常難得，造成一時小盛景，接上了杜牧那條細細的傳承之線。此時，杜牧已經十歲了，年輕的李賀還在，不過開始支撐不住了；幾年之後，他就辭世。李賀的〈長平箭頭歌〉，描寫一個殘缺的兵器。表達戰爭的殘酷，陳陶的焦點，卻落在一個征人妻子的夢境中：

〈隴西行四首．其二〉

誓掃匈奴不顧身（將士要橫掃邊境的匈奴人，不顧惜身體），

五千貂錦喪胡塵（五千穿唐兵制服的人〔傳說縫有貂錦〕就這樣在彼邦喪命了）。

可憐無定河邊骨（可憐在「無定河」岸邊已經化為白骨的軍人），

猶是春閨夢裏人（仍然是他妻子閨房夢裏活生生的情人）。

〈隴西行〉是樂府〈相和歌．瑟調曲〉的舊題目，內容寫的是邊塞戰爭。這就是說，只要看見「隴西行」三字，讀者就知道那是寫戰爭的歌。

文學作品使人感動的原因很多，且說千百種手法之中的幾項。第一，要「可以想見」，但「不能過露」（最好不用述說的方法，用呈現的方法）；第二，要「合乎人情」，但「出乎意料」（不脱情理框架卻充滿創意）；第三，要「使人心痛」，但「美感豐富」（要「淒而美，難忘記」）；第四，要「收得爽利」，但「餘音裊裊」（讀過之後感情仍繼續發展）。陳陶這首反戰詩的用筆可謂恰到好處。

夢與現實，巨大落差

我不會用「浪漫」來形容這個作品。首句「勇敢保家衛國」的描述，要表達的是一種刻意的、純美的膚淺，而非一般所說的崇高愛國情懷，目的是襯托第二句的「快、狠、準」。這「快、狠、準」不是指軍隊的效率，而是指死亡毒鈎的出手。「誓掃匈奴」的地方，是甚麼地方？第二句清楚說明那正是匈奴的地方。「胡塵」不是指胡兵軍馬踼起的灰塵，而是胡人之地揚起的戰塵。戰役發生的地方，是敵軍的地方。第三句的「無定河」更具有雙重意義。甚麼意義呢？河之所以無定，是因為北方沙漠地帶河水較淺、水量稀少而河道多變而得名。此名更象徵着人生的無常。好端端的一個剛成長的年輕人，穿上貂錦軍服，就不再是母親的兒子或孩子的父親了，而是前線一個無名的將士。他的身份無定，前程無定，存在也無定了。化為白骨而無人去殮葬，實在「可憐」。我說首句是「刻意的、純美的膚淺」，正好由「可憐」兩字證實。戰爭的殘酷，牽涉的又何止戰士？還有他們的家人、朋友和國家的命運。

不過這首詩最能感動讀者的地方，還是最後的一聯。「可憐無定河邊骨」與「猶是春閨夢裏人」組成唐詩裏最動人的「格式上的流水對」和「意義上的反對」，利用極大的對比來完成「愛」的失落和「哀」的延伸，使人進入無限思量。對比越大，詩句的力量就越大，例如「朱門酒肉臭，路有凍死骨」（杜甫〈自京赴奉先縣詠懷五百字〉），或「可憐身上衣正單，心憂炭賤願天寒」（白居易〈賣炭翁〉）等都一樣有力。這說明了「可憐無定河邊骨，猶是春閨夢裏人」對讀者的衝擊力。

我年少時，美國和越南打仗，美國國內出現很多反戰的民歌。最著名的有Bob Dylan的*Blowin' in the Wind*和Pete Seeger的*Where Have All the Flowers Gone?* 估計

大家都聽過了。比起陳陶這兩行詩，我覺得這些民謠的歌詞仍然有所不及。個人看法而已，大家可以去聽聽。

多讀一兩首

〈隴西行四首·其一〉——此詩借說漢武帝在泰山向天地報太平，卻隱瞞和匈奴爭戰的情況。但邊塞之地即使拿到了手，也無法耕種。這也是陳陶的反戰詩。

第四輯

念天地之悠悠

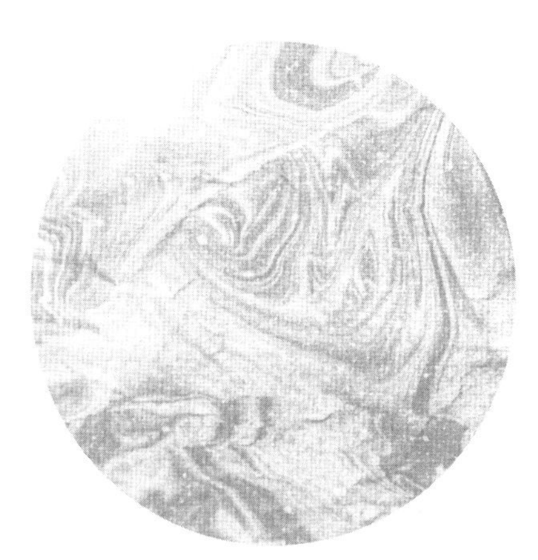

每個人都有自己的信仰或信念，有的已經歸類，有的無法名狀。詩人也不例外。信仰，說的不是對神明的膜拜，而是個人奉行或追隨的深刻哲思。例如王維是佛教徒，但他所信的佛教是怎樣的呢？杜甫如何洞悉個人的渺小、接受自己的人生？有些人很樂觀，即使他被貶再被貶，坐牢又坐牢，但他的詩依然給人胸懷廣闊的感覺，且誦讀中唐的劉禹錫，人就感到正直而開朗。李賀和李商隱給讀者的感覺相似也相反，長吉穿透時間的威嚇，義山深入情懷的虎穴。他們憂鬱而敏感，詩歌卻有驚天動地的巴洛克藝術美。

寫詩，是對自己非常殘忍的行為，因為真正的詩挖得深，也切得狠，常常使我們直面自己的內心。不過詩還是要寫的，因為好詩使我們逃脫虛謊的自我，帶來真正的生命。

遠早於卡夫卡尋找「城堡」

——王維「進入了」香積寺

找來找去找不到

德語大作家法蘭茲・卡夫卡（一八八三——一九二四）寫了個長篇小說，叫做《城堡》，內容說主人公一直在找某一個城堡。當地人人都知道那城堡，知道堡主，卻從未見過他。最終，他都沒能找到那城堡，無法決定它存在與否。整部小說就是說他尋找過程中的種種挫折。有人說這小說的主題是在批判官僚體系的冷酷、荒誕，有人說這是一部宗教寓言。我比較傾向後者。

有時我會懷疑他是不是讀過王維的五言律詩〈過香積寺〉。此詩說的，同樣是詩人「沒看見」他的目的地。不過，王維和《城堡》主人公最後到達的境地卻大相逕庭。城堡最終沒有出現，香積寺也沒有。對於卡夫卡，找不到城堡等同得不到他想要的，人生充滿謊言；對王維而言，香積寺他沒見着，但這寺卻已經化育了他，提升了他。

李白是「E」人，王維「I」得很

王維，有說和李白生年相若。他的詩畫都登峰造極，是盛唐詩壇不可或缺的三條支柱之一。他的詩善用直觀，視像豐富而不霸道，哲思幽遠而不浮淺，可平視李白杜甫、啟發柳宗元。

如果說李白的詩富於動態美，畫面驚眼有如繁花天降，文字生動有如奔馬揚塵，大有「疑是銀河落九天」的氣勢；王維的詩呢，則是描寫靜態事物的頂峰佳作，讀者不覺就進入了「江流天地外，山色有無中」的處境，每每於寧謐祥和的氣氛中看見高手留下的信息，有氣韻而無蹤影，神采豐盈而不着痕跡。李白是少林第一高手，王維是內功大宗師。他著名的詩歌，不少到達這樣的境界：

〈鹿柴〉

空山不見人，
但聞人語響。
返景入深林（返景，即反映），
復照青苔上。

若沒有人語晃蕩於山中，山的「空」只能意味沒有靈性的死寂，而非幽深恬靜；夕陽縱然澄美，沒有深影重疊、土花青碧的對照，也必顯得單調無聊。前二句寫聲，後二句造景，以表面矛盾的字義，組成諧協的視像和音樂：有人說話，山自不空，卻更顯其空；林深苔綠，缺乏光彩，卻更有光彩。

在王維法力無邊的手掌裏，內心的文字早已超越了外顯的文字，靈性的現實亦已取代了物質的現實，卻依然字字可解，事事合理，這就是功力。且看他如何輕輕拿捏人類的感官，變之為詩：

隔窗雲霧生衣上，卷幔山泉入鏡中。

——〈敕借岐王九成宮避暑應教〉

運用一點微小的錯覺，平板的風景馬上立體起來，生氣盎然，情感活潑，縱然難以分析，卻易於感會。讀詩最怕遇着嚼而無味的東西，明知是補品，卻難於入口，更會使人為自己對它的懶惰內疚。王維的佳作雋美可口，營養豐富，容易消化吸收，能帶來咀嚼的喜悅，吸收後人更得以提升。讀詩最怕碰上架子奇大而沒有內容的東西，苦讀多時依舊難以謁見其「真人」；即能偶爾「登堂入室」，亦只面臨一道多飾的屏風，真正的內容（如果有）卻給擋在讀者好奇的視野之外。王維的佳作平易動人，充滿智慧，能夠帶來精深的啟悟。〈過香積寺〉給我的感覺，正是這樣。

我自己也是有信仰的人，深明「外在」和「內心」信仰的分別。我肯定，王維這次往訪香積寺，一路上已漸漸感悟了。

江流天地，山色有無

〈過香積寺〉

不知香積寺（不曉得香積寺），

數里入雲峰（在山峰上入雲有多深）。

古木無人徑，

深山何處鐘。

泉聲咽危石（危石，即高石），

日色冷青松。

薄暮空潭曲（傍晚上山來到這曲折的水潭（心靈），已看不見「牠」了），

安禪制毒龍（潭水已經平靜空虛，毒龍（惡念）走了）。

詩題裏最重要的不是「寺」字，而是「過」字。所以讀畢全詩，我們還是找不到

詩人對香積寺的直接描述。香積寺在哪裏？是甚麼模樣的？它憑甚麼聞名？這一連串

資料問題，對詩人來說，沒有一個是重要的。「過」字一開始就提示了讀者，香積寺隱蔽於高峰的深處，是一種可以不存在的存在，一個象徵，你永遠只能走過它，迎接它的啟發，而不是進入它的實體。它的「隱」和它的「在」，全都是刻意用筆。

「不知」兩字，率先起筆，表達出一種如真似幻、似有還無的情景，簡單歸類，是個表達「缺」的詞；「不知」，是因為看不見，但是也「信」它聳立在高處，已進入雲的高度。信徒說佛法，具體而無定相，人必須在尋找中覺悟其存在。

繼而說山徑「無人」。「無人」，就沒有人的干擾，沒有需要照顧的看法，沒有特定的誰的足跡。「無人」也是個表達「缺」的詞，卻呈現出恰當的處境。鐘聲「何處」來？連這聲音也是「缺」來處的。只知道古木參天、葉影蕩漾處，確有跌宕深沉的鐘聲，暗示了香積寺的存在和接近，它卻不露世俗形骸，資訊堅實而又縹緲。以詩詮佛，是王維的拿手好戲。深諳佛理的人，未必也能揮灑自如地寫詩，王維二門俱精，自然是第一選手。鐘聲是香積寺和他的直接對話。在他的筆下，香積寺不再是崖邊飛簷式的中國建築，而是一種心靈的境界。寧靜的山中，流水溢過石頭那清響，如泣如訴；「咽」是入聲字，也是個「負面」動詞。夕陽散入松枝的素色，澄明清澈，「冷」同樣負面，兩個負面動詞同時指出物象脫離一般人期待的變化。從佛家的觀點看，我們的固有認識是沒有意義的。日色帶來的，一般人看為「暖」，這就是固有的歸類方法。王維的「冷」，其實把空山的氣氛寫得更精準。「咽」是極其微小的聲音，用微小聲音寫靜寂，也見出王維四兩撥千斤的內功。這一切，都是香積寺的言語。詩人到底仍在寺外徘徊呢，還是已經無意中步入了寺院的信息範圍，得着啟發？這一點，我們無須深究，只知道迴盪的鳴鐘和樹影的大謎語裏，流水的輕咽和夕陽的冷照中，香積寺的精神取向和思想已呈現無遺。所以說，寺不在山卻在心，人不在寺心在寺。詩能寫到這種境界，可以說是出神入化，王維功力早就遠在常人的想像之外了。

何以尋找？樂見其空

後面兩句，直言「安禪制毒龍」，可見未入寺門，已得佛法；潭曲本是毒龍的窟宅，如今「薄暮空潭曲」，內裏「空」無一物，可知心中惡念，已經煙消雲散。香積寺果然厲害。

我們可以這樣總結：全詩以詩人的一組「見聞」組成。先見雲峰渺遠，後聞鐘聲隱約；先聞水咽高石，再見夕照松林。詩歌用上看似負面的字眼，例如「不知」、「無人」、「何處」、「咽」、「冷」等，卻把香積寺的正面形象建立起來。做王維的讀者，真有興致。

一直很想知道王維如何能把詩寫得這樣高明：以虛探實，以幻摹真；使人過目難忘，卻又不流於賣弄機巧；高雅大方，卻又活潑有致……難道詩佛果真能以詩言佛；最後仗詩成佛？

無論如何，讀他的詩，如入幽深、如履仙境，好像正在經歷「白雲回望合，青靄入看無」（〈終南山〉）的迷離境界，教人神往不已。

多讀一兩首

〈鳥鳴澗〉——王維寫空靈山景的佳作。

直面人生，一無所懼
——勇敢睿智的杜甫

上課的時候，我若剛好要談唐詩，就會和學生玩一個遊戲。我讓他們看一首詩，然後評說它寫得好不好。現在請大家也來看看這首詩。

天高猿嘯哀，
沙白鳥飛回。
落木蕭蕭下，
長江滾滾來。
悲秋常作客，
多病獨登臺。

苦恨繁霜鬢，
新停濁酒杯。

班上同學的反應很有趣。他們一些覺得此詩很熟悉，有些覺得寫得不錯，是一首成熟的五律，也有覺得聽覺和視覺感官都很豐富，總之就是「很好」。我問他們詩裏有甚麼感情？他們多說觸景生情，自恨白頭無功等等，有畫面有心思，讀着會傷心。我問他們，這是不是偉大的作品？他們想了想，大多搖頭，只說，是好詩，但未能在唐代登頂。此時，我就給他們看杜甫的原作：

〈登高〉

風急天高猿嘯哀，
渚清沙白鳥飛回。
無邊落木蕭蕭下，
不盡長江滾滾來。

萬里悲秋常作客，
百年多病獨登臺。
艱難苦恨繁霜鬢，
潦倒新停濁酒杯。

同學一看，咦？這下子認得了：這是杜甫登峰造極的作品。原來每句少了兩字，仍讀得通呢！那麼，每句前面這兩個字，是不是多餘的呢？——我繼續提出問題。同學們也繼續思考。有些說：多了二字，資訊豐富了；有的說，好像意境不一樣了。也有說：氣勢更佳！我全部都同意點讚，同學們開始懂得了。

杜甫在西元七六六年（有說七六七）前往夔州（即今天重慶奉節縣）投靠朋友。其時他已經五十五歲，體弱多病，後想離開夔州，卻因體弱難以成行。一天走上地勢較高的地方，看着大江流水，心裏痛苦。他若只想表達心情和當時的景象，寫個五律就夠了。不過，我對同學說，如果這樣，此人就是唐代詩人一個，而不是杜甫。

杜甫，出手就不凡。他說自己「為人性僻耽佳句，語不驚人死不休」（〈江上值水如海勢聊短述〉）。他是杜甫！他知道「天高猿嘯哀」缺乏「哀」的理由，沒有迫切感，沒有身處「高」處的複雜聽覺，沒有被動的站不穩的不安。「風急」可以不寫，但不寫就要犧牲詩歌開篇之時的巨大動力。對，能想到這些的，才是杜甫。

「沙白鳥飛回」——回到哪裏？鳥兒是要回到岸上嗎？不要此行前兩字，就說不出這是個小島（渚）了。鳥兒飛回的落腳之處，只是河裏的一個沙洲。杜甫今天若要回到可以容身的地方，是要走向長安嗎？不是，那只是一個沙洲，一個暫時可以寄託的「他鄉」。盤旋的鳥落腳的地方，只是個很小的島，大水一到就能淹沒的小片陸地。不錯，一開始就暗示自己流離，既能夠描寫實景，同時也鋪排全詩調子的，正是杜甫。

「落木蕭蕭下」指一樹落葉，氣氛很好，寫出了秋天的景色。但少了「無邊」兩字，我們看見的就只是杜甫在抬頭，而非在眺望。無邊，是無可辯駁的沉重秋色，是心中和眼前的淒涼境界，是短暫春夏的遠去，是人生支離破碎、滿目瘡痍的鐵證。這是地理的、歷史的、情懷的秋，不是個人又一年的秋。能看見空間信息者，唯獨杜甫。

「不盡長江滾滾來」，作品的筆鋒提升到時間維度，不盡，既寫江水之不斷，時間之無情，也寫人生的短暫，個人的渺小。時間之來也，帶着催逼，時間之去也，掠奪一切。能夠勇敢地進入時間而與之比高，經歷巨大痛苦而挺身堅立的人，鬥不過時間就繪畫它，暴露它，用文學的旗幟向它還手。能一直地勝過時間一千二百年的，有一個人，叫做杜甫。

「萬里悲秋」，又回到大空間，杜甫說：讓我這小小的身體來感受秋天的悲涼，「常作客」指長久無法回家。但詩人說，這偌大的天地我走不完，但我仍在行走，仍在書寫。我渺小如「天地一沙鷗」，但我知道我的小，我描述我的卑微，我的痛苦無法推翻，但畢竟我認識到人和天地的對比，我戳破了這個秘密。我活着就能感知領悟、看透人生——我是杜甫。

「百年多病」和病幾天就好起來，真是大大不同的。杜甫一直在病中度日，他患上了不少慢性病，當中最致命的是肺癆。疾病，讓世人明白死亡的逼近。但為甚麼病了還要登山呢？我們不知道原因，但至少杜甫顯出了他的意志和對抗。登高，是歷代詩人的習慣，也是一種拓闊視野的方式，以後我們還會談到。杜甫登上觀景台，一次又一次地成就了他的詩。這不限於杜甫，他卻是高手中的高手。

後面兩句，寫詩人的日子艱難，遺憾極大，頭髮白了，説明活着的日子已經不多，但他最喜歡喝點酒的日子也過去了，因為病痛，要理性地戒酒。忽然，他從飛翔中斂翼歸來，回到自己的物理限制中。為何詩勢不豁出去？為何突然勒馬停住？他正是要告訴讀者他的渺小和無力。山上所見，將要在他下山後成為記憶，他明白了何謂「苦恨」，何謂「潦倒」，退回自己的真實處境。

天地大，個人小。感知大，力量小。杜甫〈登高〉寫破了人類的困境和堅強。杜甫的生命不長，只有五十九歲，但是，他直面生命的勇敢和睿智，他對善美的信念，讓我敬佩萬分。

多讀一兩首

〈春夜喜雨〉——詩寫春天的細雨，清新可喜，文筆細緻而思想深刻，必讀的詩。

總在尋常百姓家

——心懷家國的劉禹錫

提起劉禹錫的詩，我就感到熱血沸騰，因為他也是我最敬佩的中唐歌手。他並不純是詩人（也是思想家、政治家），卻是第一流的詩人；他並不依附當時的詩歌流派（如韓愈的圈子、白居易的圈子），卻自足成為一流一派。他的七絕和七律尤其光芒萬丈。有人說他的作品節制約束、不事鋪排，我卻覺他是點到即止、深沉遒勁，同時有豪放自在的一面。我最喜歡詩人胸懷磊落、敢作敢言，能夠跳出自傷命苦、憤世嫉俗的文藝窠臼，而劉禹錫正有這種性格：

〈秋詞〉

自古逢秋悲寂寥，

我言秋日勝春朝。
晴空一鶴排雲上（排雲，排開天上的雲），
便引詩情到碧霄。

胸懷磊落，細緻溫柔

這樣的詩平淺清暢，沒有甚麼讓批評家表演術語或剝皮拆骨的地方，卻那麼教人感動、嚮往。面對使人傷感的秋天，詩依然高亢；他性情溫柔也剛烈，是個永遠不肯放棄、堅持努力、守住初衷且至死不渝的人：

〈始聞秋風〉

昔看黃菊與君別（我們一起看黃菊花後就分開了），
今聽玄蟬我卻回（現在，黑蟬仍在鳴，我又回來了）。
五夜颼飀枕前覺（五更的風聲〔颼飀〕就落在枕頭上，我醒着，聽得清楚），
一年顏狀鏡中來（起床照鏡，這一年，樣子變老了）。

馬思邊草拳毛動（像軍馬想到邊塞的野草，彎曲的毛髮就興奮抖動），
雕眄青雲睡眼開（又像猛禽看到天邊的雲，就來了精神）。
天地肅清堪四望（秋來了，天地一片晴朗肅穆），
為君扶病上高臺（為了你，我會登高眺望、重新振作）。

這是多麼激動人心的詩！我常常重讀此詩，為了勇敢地面對生活和做該做的事。能豪放的作家未必也能細緻，更很少能夠含蓄。劉禹錫正屬於這極小的一部分。於是，他既能寫「沉舟側畔千帆過，病樹前頭萬木春」（〈酬樂天揚州初逢席上見贈〉）的大我，也能寫「五夜颼飀枕前覺，一年顏狀鏡中來」的小我，更能寫出一千二百年來一直教人驚歎傳誦的〈烏衣巷〉。這首七言絕句是〈金陵五題〉中的第二首。

〈金陵五題並序〉的序中提及白居易對第一首〈石頭城〉的讚賞：

余少為江南客，而未游秣陵（今天的南京，亦即金陵），**嘗有遺恨。後為歷陽守，跂**（粵音「其」，前去）**而望之。適有客以〈金陵五題〉相示，逌爾**（逌，

同「攸」，粵音「柔」，微笑之謂）生思，欻然（欻，粵意「忽」或「速」，欻然，即忽然）有得（有了靈感）。它日（過些時），友人白樂天（白居易）掉頭苦吟，嘆賞良久，且曰：「〈石頭〉詩云：『潮打空城寂寞回』，吾知後之詩人不復措詞矣。」餘四韻雖不及此，亦不孤樂天之言爾。

〈金陵五題並序〉是一組七言絕句。唐敬宗寶曆二年（八二六）劉禹錫由和州（今安徽省和縣）刺史任上返回洛陽，途經南京，寫成此組詩。這五首詩，把大自然的恆在和世人權力的短暫拿來比較，得出滄海桑田、國度興衰起伏之嘆。南京是六朝時代的首都，到了唐代，再沒有當年的繁華，這組詩寫的正是人口減少、這些城區再度融入大自然的情況。今天我們細讀的是〈烏衣巷〉。

一時王謝，永遠夕陽

請先看看〈烏衣巷〉原文：

〈烏衣巷〉

朱雀橋邊野草花（六朝時代南京秦淮河上的浮橋，與朱雀門相對，故有此稱），

烏衣巷口夕陽斜（烏衣巷在河南，東晉高官貴族的聚居地）。

舊時王謝堂前燕（東晉時貴族如王導、謝安居此）。

飛入尋常百姓家（當年貴族的後人，如今已成了尋常百姓；燕子，是個意象）。

這是一首七言絕句。絕句多為感性之作，寫一時之情或一時之景，前者如賀知章的〈回鄉偶書〉，後者如張繼的〈楓橋夜泊〉，這些作品都是一擒入網的繆思，唯美而精緻。〈烏衣巷〉也一樣：它感性豐富，景色躍然紙上，小橋、野草、巷里、夕陽已經夠美，加上往復飛翔的小燕子，炊煙成縷的百姓人家，直是一幅充滿生命氣息的圖畫。

然而，這首詩的成功卻不止於此，因為它在形容一時的情景之外，更提出深刻的哲思。當我們看到「王謝堂前燕」在大宅前低旋，最終投向老百姓簡樸的屋簷下，

此中的意思，就不言而喻了。權力官威是如此不可靠，縹緲、短促，財富又如此虛幻、易毀，二十八字表露無遺。

有情景，有哲理之外，〈烏衣巷〉更是一首閱讀層次豐富的詩。就說「舊時王謝堂前燕，飛入尋常百姓家」吧。這兩句除了寫燕子再無雕樑畫棟可棲，只好飛到窮人簷壁安家之外，也可以在更高的層次上，暗示王謝兩族的後人，在漸漸沒落之際，逐一變成普通百姓，與所有人一樣，於生老病死的平凡日子中，男耕女織，逗兒為樂，等待每年秋收的歡愉。

當日田野，今日南京

兩個句子，孕育着這許多可能性，我們對詩人不能不佩服。下面再說詩人如何只用一個方塊字，變化出不同的感覺來。「朱雀橋邊野草花」一句，叫人吃驚。首次接觸，句中的「花」字並不特別，給我的印象是「雜亂」的意思，形容野草叢生，毫無秩序，描繪它們無人理會、迎春而盛的生命力，反映烏衣巷的繁華去後，朱雀橋一帶的荒蕪面貌。人事荒蕪，花草卻興盛了。於此，「花」字是形容詞。再讀一遍，我發覺「花」字也同時可以是個名詞，朱雀橋畔既然有野草，為甚麼不可以有野花？有了這些緋紅粉白，草色就更美了，朱雀橋的景致也不至於太單調。草和花既是野生的，不正好反映人跡稀少的荒蕪景象、以見出詩中興替的主題麼？我再三細讀，始知道以形容詞和名詞來理解「花」字，依然未足，我們還可以把它看作動詞來讀。且想像：朱雀橋畔，由於再沒有篷車羅綺，只有春雨秋晴的交替，於是連野草都來開花了——小野花張開了黃的白的、柔軟的花瓣，向天地宣稱，「當人間的富貴消失，我就當主子了」。野草而能開花，它茂盛的樣子，可以想見；而王謝庭院的荒蕪，就在比較之下更形突出了。至此，我們大概也可把「烏衣巷口夕陽斜」的「斜」字，理解為動詞。於是讀者(面對充滿視覺效果的作品，我們也許可以自稱觀眾）就會看見橋邊野草叢中，野花慢慢開綻的光景，黃昏的餘光，逐漸注入小巷裏，兩個動作皆「正在進行中」，一如在電影裏，攝影師利用拍攝技巧，把一些看來靜止的事物的動作，拍成活動畫面一樣。如此一來，詩歌的生命力就更強了。古詩之中，一字涵納多個並行不悖的意義是有的，但「花」字予我的印象特別深刻。

不過世事循環，唐代荒蕪的金陵，今天又回到了王導謝安時代的繁華。不知詩人看見這美麗的城市，會不會因再到來的榮景喜極而泣？

在〈金陵五題〉的小序中，劉禹錫說他自己在這五首中最重視的是〈石頭城〉，而非〈烏衣巷〉。我覺得他只是對白樂天客氣了。

多讀一兩首

〈金陵五題並序・其一・石頭城〉——亦寫金陵荒蕪的景象，正是白居易盛讚的詩。

長安的鼓聲

——李賀眼中無敵的時間

在李賀大量以神話人物、天界、陰間為題材的作品中，〈官街鼓〉位置特殊。古典詩評對這首詩頗為忽視，甚至敏感如近代的錢鍾書，在指出李賀「純從天運着眼」、「世短意常多，人生無百歲，常懷千歲憂」的時候，亦沒有舉出這首詩為例，反而近數十年的西方論著和中國現代評論對之推崇備至。通常，現代論者分成二派，其一認為〈官街鼓〉是一首諷刺詩，譏責那些不自量力、妄求長生的人，指出他們的可悲與愚昧，內地的李賀選本和短評大都持着這個看法；另一方面，西方及海外學人有另一見解，以為此詩是李賀時間觀的一種鋪寫，與錢鍾書的看法很接近。杜國清在他的博士論文《李賀詩歌評論》（*The Poetry of Li Ho*）裏面說：

這首詩描寫的是時間無情的運轉。日月輪替，以鼓聲為象徵的時間悠悠……李賀認為時間不但超越死亡，更超越所謂「長生」。

余光中教授在他的論著〈象牙塔到白玉樓〉一文中，更直接探討詩歌的意識：

在弔古傷今的古典詩中，物是人非，時不我與之感，是一闋彈得最濫的老調子。長吉所表現的，卻是以宇宙為背景的幻滅感。……〈官街鼓〉的詩思，建築在一個有趣的paradox（似矛盾而可能真實的敍述）上面。一般的觀念，恆認為永恆是超時間的存在，而時間是不斷運動不斷消逝的一種東西……永恆，亦即神話的空間，神仙的N度時間，是必朽而且輪替的，可是時間之流不歇。也就是說，累積起來的時間（以鼓聲和漏聲為單位），簡直長於永恆。

讓我們先看看原文：

〈官街鼓〉

曉聲隆隆催轉日（早上京城的官街鼓敲響，催太陽快跑），

暮聲隆隆呼月出（傍晚又響起，呼叫月亮出來）。

漢城黃柳映新簾（漢城，即漢代首都，指長安。黃柳、新簾都指漢朝剛得國之時），

柏陵飛燕埋香骨（柏陵，種上松柏的王陵；飛燕，指趙飛燕）。

磓碎千年日長白，

孝武秦皇聽不得（漢武帝劉徹和秦始皇嬴政都設法求長生，不敢聽鼓聲）。

從君翠髮蘆花色（隨着你的黑頭髮變成蘆花那樣白），

獨共南山守中國（這鼓聲和終南山一樣守住長安）。

幾回天上葬神仙，

漏聲相將無斷絕（漏壺用水滴表示時間，是古代的計時器）。

官街鼓，是指長安城中用以報曉戒夜的鼓聲。《新唐書》：「日暮，鼓八百聲而門

閉……五更二點，鼓自內發，諸街鼓承振，坊市門皆啟。」

簡單說，這鼓聲每日早晨和黃昏都會鼕鼕響起，是朝野作息的訊號，也可能是老百姓賴以計時的其中一個標準。在普通人聽來，它只是一串熟悉的聲音，早成了日出而作、日入而息的生活中的必然部分，沒有誰去注意它，更沒有誰會細心追尋它內裏的意義；於是，在世人流轉交錯的喜怒哀樂中，無數的歲月就被鼓聲偷去了。早衰而多病的李賀，在日益逼近的死亡和幻滅的陰影下，不由得對這單調而循環的鼓聲特別敏感，因為它所象徵的時間，有無上的權威，而且永不休止，而人類，以及在人類眼中永恆的仙人，都必在時間的軌跡上湮沒，時間越久長，生命越渺小，時間長至無盡，生命就小至無有。

在藝術手法上，李賀跳出了詠物狀聲的平面，一開始就將鼓響提升到象徵層次。在詩人手上，這聲音已不再單是早晚的報時聲，而是時間自己的脈搏、節奏，統治着宇宙萬物，連日月都為其所指揮。「曉聲隆隆催轉日，暮聲隆隆呼月出」二句，以一個重複的句子模式開始了詩歌，狀寫時間的單調及無情；日與月在忙碌交替，描繪了光陰的流逝；「催」、「呼」兩詞，不但提升了鼓響的意義，更有意地貶抑了世人認為重要的日子——以日月交替一次為記的日子。起句的表面文采，並不瑰麗，卻已使讀者感到其中蘊藏着一股懾人的力量，隨時會掀開一個更驚心動魄的場面。

接着，詩人不加解釋，就構思了兩個完全相反的畫面，將之並列於讀者眼前：「漢城黃柳映新簾，柏陵飛燕埋香骨」。新簾始掛，顯示新王朝的生活才剛開始，生命就已成為骨頭了，二者之間可說是完全沒有空隙、沒有厚度：因為在無盡的時間之流中，一切有盡頭的事物並沒有存在的質感，所以人類最重視的生與死，也不重要了。

這個聲音，代表着人類心靈深處至終的恐懼：滅亡。所以，詩人進而將之具體化：「磓碎千年日長白」。千年竟然也可碎，而宇宙則萬古常新、白日長懸；字句之中，聲色俱高度可感，詩人以奇特驚人的構思與華彩，向讀者交代了一個本來極抽象、極難寫的意念：「磓碎千年」顯示千年之易滅，而「日長白」則顯示時間的堅定無情。人類懼怕滅亡，不能接受鼓聲所代表的真理。漢武帝、秦始皇是追求長生的典型人物，所以「孝武秦皇」一旦了解這鼓聲的意義，就會恐慌，於是他們（還有我們）都「聽不得」。

然而，無論這個事實如何痛苦，如何難堪，這鼓仍將無情地磓響，一直伴你終老：「從君翠髮蘆花色」，但它並不會跟隨你的青春消逝，也不會像你的髮鬢一樣變色，即一切皆已變幻遷移，它仍將「獨共南山守中國」，因為終南山的恆久青蒼，難於比襯，能與之共永恆，甚至超越其存在的，就只有這重複不絕的鼓響了！

發展至此，詩歌對恆在的時間已描寫得淋漓盡致：首二句以日月的迅速交移展示了時間的權威；第三、四句以畫面的對比展示了生存與滅亡的輪換；繼來的二句形容歲月之易毀和人心的脆弱；第七、八句以具體的時間條紋（白髮、蒼山）比較變與不變。至此，詩歌該如何收筆，才承接得起前面的藝術動量呢？

李賀很有杜甫「為人性僻耽佳句」的執着堅持，結果使讀者大大的吃了一驚：「幾回天上葬神仙，漏聲相將無斷絕」直接挑戰常人的信念：神和仙不是不死的嗎？其實，他們已不知死了多少次！神仙亦可死，則時間是唯一剩下來可稱「無斷絕」的東西了——而奇異的是，它只是一種空洞如鼓響、瑣碎如漏聲，既不可觸摸亦毫無變化的東西。

詩歌於是在讀者的驚歎聲中，以一個急劇的高潮（「幾回天上葬神仙」）和接踵而來的反高潮（「漏聲相將無斷絕」）結束。

這首詩節奏平穩，語意冷靜，沒有詩人慣用的斑斕色彩和熾熱的感情抒發，詩中最使人心悸的，是對時間的驚人觀念。在藝術效果方面，詩人特別突出了平板而權威的鼓聲，此聲貫串全篇，我們一面讀，一面覺得那串鼓聲就在背後沉沉敲響。可以說，善於運用視覺意象的李賀，這次卻高明地運用了一個聽覺意象。

無論從哪一個角度來說，〈官街鼓〉都是傑出的作品。它雖然沒有瑰麗華茂的表面絢燦，但意念新奇，境界特高，並且能夠將個人經驗提升為宇宙經驗，比起詩人其他自傷的文字更驚天動地，使人讀之難忘。

多讀一兩首

〈馬詩二十三首・其五〉——調子輕快的作品，詩人用奔跑的馬表達個人想望。

〈馬詩二十三首・其六〉——此詩描述給綁住了的病馬，李賀用來比喻自己。

耀目的巴洛克詩人

——晚唐幸有李商隱

終於來到這本小書最難寫的詩人了。他就是李商隱。我寫他，是不自量力，但感情上無法跳過他的登頂之作〈錦瑟〉。對我來說，這是莫大的挑戰。

這個看來從未怎麼快樂過的天才詩人，生於杜甫之後大概一百年。我說「大概」，是因為大家對他的生年仍不大肯定。一般都說他生於八一三年，即是剛好比杜牧小十歲。他是今天河南地域內出生的，因父親早亡，李商隱孩童時就吃盡了苦頭，他「傭書販春」（為別人抄寫，和去做舂米的勞力工），始能不餓死。他這樣一直工作一面讀書，到了十六歲，已經有了文名。你看，這和李賀是不是很相似？對，他們的父親都做過小官且都早死，留下懂事而堅持讀書的長子。李賀只活了二十六歲，李商隱也短壽，只有四十六歲。他不幸落入晚唐牛李黨爭的漩渦之中，一生鬱鬱不得志。

有時我會問自己，這兩人如何面對自己長時間的低落情緒。兩人都有伯樂，李賀的恩師是韓愈，李商隱的恩師是令狐楚。李賀連進士的考場都進不去，李商隱卻在令狐楚的資助下，於八三七年中進士，文才得到肯定。

令狐楚（七六六—八三七）是誰呢？簡單地說，他是個大官，比韓愈還長兩歲。李賀才出生，家裏代代為官的令狐大人次年就中進士了，他也是李賀的長輩。可惜到李商隱於八三七年拿到了進士資格時，令狐楚就去世了。可以想見，李商隱失去了這位一直提攜他的恩師會多難過。

我為甚麼說李商隱是巴洛克詩人？這是「比較文學」的一種讀書方法：例如拿西方某時期的文學藝術特色來對應中國的一些古代作品，嘗試藉此了解其特色。李商隱的一部分作品（例如他的論政詩）這裏先不談。我們若拿他的名作如〈無題〉、〈錦瑟〉等細看，他確有點巴洛克的味道：光暗對比強烈、華麗而充滿裝飾、直接向「藝術」（而非「自然」）衝頂、浪漫而充滿戲劇性，強調人生短暫以對應永恆，色彩刻意不協調而斑斕，充滿動感與弧線。他和李賀的詩，會讓學者拿來和英國的浪漫詩人對讀，例如濟慈。

一般而言，李商隱的七絕、七律很多都是讀者大眾的寵兒。李商隱的詩更是不少人的至愛，不過也有人嫌他的言辭華麗，說他言之無物。對我而言，後者錯了。葛兆光教授在他的《唐詩選注》指出了一點，十分重要，我覺得他說得極為到位：

……他表現自己情緒時有意違背語詞的習慣用法，像傷感、寂寞時很少用人人所熟知的語詞如秋風、枯樹、歸雁、寒霜，卻用一些穠麗瑰奇的意象，很少用人人能審視的物象如寒蛩、流螢、黃葉、殘陽，卻常用一些非自然的神詭譎怪的幻象，像「金翡翠」、「繡芙蓉」（〈無題．來是空言去絕蹤〉），「舞鸞鏡匣」、「睡鴨香爐」（〈促漏〉），「一片非煙」、「蓬巒仙仗」（〈一片〉）、「桂魄」、「梅椿」（〈對雪〉），等等，便以語義的落差構成了語詞的新穎穠麗，也以語義的陌生引發了理解的歧義；再次，李商隱詩歌語言試圖表現的是一種內在的感受，而不像盛中唐詩人試圖表達的是心中的感情，感情往往是明晰的有指向性的，喜怒哀樂表達起來比較容易，讀者閱讀時也能從字面上理解，而感受則深藏不現，連自己也不易捕捉，所以只能朦朧地表現，靠讀者自行體驗，因此表現的語言常常是虛化的，往往顯得不知所云，缺乏固定指涉對象，而李商隱詩這種迴環複沓的結構和含蓄多歧的語義正巧就適於表現感受。

葛教授還用「避熟就生」一詞來說明李商隱的美學。他指出，後來王安石、黃庭堅都學習他，嘗試藉此途徑進入杜甫詩作的智慧。我們現在教學生寫作，也引導他們採用「陌生化」手法來加強創意。真的，李商隱又何止啟發了王、黃，我們還在曹雪芹和張愛玲等優秀作家的著作中看到他的巨大影響力。

〈錦瑟〉

錦瑟無端五十弦，一弦一柱思華年。

莊生曉夢迷蝴蝶，望帝春心託杜鵑。
滄海月明珠有淚，藍田日暖玉生煙。
此情可待成追憶，只是當時已惘然。

李商隱專注於直接重現感受、而不以感情類別簡化之，着重陌生化，學習杜甫「清詞麗句必為鄰」和韓愈「惟陳言之務去」；他要用更新鮮、更淒美也更具聯想力的文字來表達自己的情懷和感受——獨特的、與人不同的、此時此刻的。正因如此，部分沒有創作經驗的文人就因和他的強烈創作傾向出現巨大的落差，解讀時走偏了。

不過，如果說這首詩裏的意象沒有來源和暗示，也是錯的。既然有來源，那麼他的「感受」也就和原文有接合點了。過分解讀和完全不尋找詩句中的文化傳統，只談讀詩時的「個人接收」，同樣會錯過詩人的用心。李商隱的華麗美學之外，還一定有他生命的累積和選擇。

唐代錦瑟，一般有二十五條弦線。李商隱一開始就用上了「五十」一詞。有人因此說那是指他妻子辭世了，弦斷了，弦線一分為二，就成了「五十弦」了！因此，這是一首「悼亡詩」。我不大同意這種說法，直覺詩人一般不是這樣思考的。況且古代的瑟確實有五十弦。寫這五十弦的古瑟幹甚麼呢？詩歌的出現，有時來自一個觸發點，比方說，詩人聽到古瑟的音樂，一時百味雜陳。也有可能那是一種對此物的潛意識沉迷。我最同意的是中山大學中文系的黃天驥教授在他的著作《唐詩三百年》（上海：東方出版中心有限公司，二〇二二）裏的說法：

> ……為甚麼李商隱要寫那張有五十根弦的古瑟，汪師煒在《詩學纂聞》云：「〈錦瑟〉乃是以古瑟自況。」又說：「世所用者，二十五弦之瑟，而此乃五十弦之古制，不為時尚。」這判斷，說中了詩的要害。李商隱確是以不合時宜的古瑟自喻。因為他寫這首詩時，快五十歲了。如果以一弦代表一年，他的生涯，正和古瑟一樣。

我讀這首詩時的感覺，正是如此！我同意黃教授的說法，我們不必視此詩為詠物詩。第二行說得很清楚：每一根弦線都讓詩人想起自己走過的路，「年」這單位，也不必在意逐一去對應。對應的應是一整首曲子。華年，就是他的過去，他的人生。他的人生是怎樣的呢？詩人正用頷聯和頸聯表達了。李商隱沒要求我們去解釋「莊生曉夢迷蝴蝶，望帝春心託杜鵑；滄海月明珠有淚，藍田日暖玉生煙」這四種境界，因為在唐代，人人都懂得這些典故。反之，他是用這四行詩去「向我們解釋」他的情懷。詩人沒要求我們去捉迷藏，他是在向我們「呈現」他的種種感受。

但是，現代人確實須要查一點點書才能了解這四行詩。我正是這樣的現代人。「莊生曉夢迷蝴蝶」是莊子內七篇（他親自寫成而非學生所記）中〈齊物論〉裏頭的故事。一天，莊子夢見自己是活生生的蝴蝶，醒來之後，他卻又很清晰地知道自己是莊周。於是他搞不通到底這個我是不是蝴蝶正在做的夢。莊子提出人生或虛或實的可能，正是李商隱落入的、「迷」的境界。葉嘉瑩教授認為「迷」字可圈可點，它既可以指「迷戀」，也可以指「迷惑」。在詩歌創作上，這是一種刻意的模糊或歧義（deliberate ambiguity）。

「望帝春心託杜鵑」中的望帝是蜀中的一位帝君，名叫杜宇。《華陽國志・蜀志》

有望帝杜宇讓國之説。讓國，不知道觸發了李商隱的哪一道隱痛，也不知道痛的程度，但他的「讓」裏確實有「哀」，會不會也是指愛情的呢？從詩歌的氣氛看，大有可能。我們只知道「託杜鵑」有讓「杜鵑啼血」（杜鵑的鳥喙有一小點紅色，此指哀鳴）的意味。我認為李商隱的「託」，寫的可能是他將情懷宣之於詩的選擇。

「滄海月明珠有淚」一方面引用《博物志》鮫人（美人魚）流出珍珠淚的典故，一方面也用上「滄海遺珠」的意思。《新唐書》有狄仁傑滄海遺珠的故事，乃懷真才而被貶抑的唐初故事。這一行説明了連「淚」都在「流淚」。葉嘉瑩教授特別指出「珠是珠」，「淚是淚」，強調這種疊加的痛苦。通過一張偏暗的月夜圖，把月下發光的、流動的珍珠導進我們的內心。誰懂得珍珠的遺憾？誰明白滄海的殘忍？也許我們原來都不懂得，卻因着美麗的詩句感悟到了。

「藍田日暖玉生煙」也一樣。《元和郡縣志》中記載，「關內道京兆府藍田縣：藍田山，一名玉山，在縣東二十八里。」滄海藏珠，大地埋玉，珠有亮光而玉生氤氳，豈有看不見的道理？但是，人有的太笨，有的太忌才，有的太偏見，有的整天顧着

「靠邊站」，就真的「看不見」了。「珠」、「玉」的比喻其實很明顯，只是意象發展之後，讀者就開始不斷解讀，以致過了頭。不過，詩句雖或有所指，但若說詩人只因懷才不遇就自怨自艾是不對的。這並不能完全表達他當下的情懷或嘆息。他嘆息的是更為複雜迂迴的人生，當中有愛情，有才華，有思古之幽情，也有追求和幻滅。總而言之，生命的樂曲裏真幻難分，得失難辨，有功未竟，有屈未伸……命途上的細節，由四個美不勝收的視覺盛宴表達出來，我們看不到李商隱在抱怨，只看見他在保留和揚棄人間之苦與美這節點上徘徊，他的身影修長而細緻。在我看來，此詩已達宗教信仰的靈境。這是一首不用背誦就記得的詩，我們寶貝中的寶貝。

多讀一兩首

〈夜雨寄北〉——李商隱在蜀地想念長安妻子時寫給她的詩。

後記

我忘記了自己是何時開始喜歡上唐詩的。

我是個唐詩讀者，但絕非唐詩學者。做學者的條件我自問沒有，但分享的工作我很願意做。自識字以還，我就聽母親不時提起唐詩、宋詞和《紅樓夢》。我爸爸是非常頑皮的，老是把詩中的文字改來改去，務要把名作變成劣拙的打油詩玩笑一番，把母親氣壞了。因此，我很小就一面跟着爸爸放聲大笑，一面當母親的聆聽者。漸漸，我也喜歡上了詩詞。

聽多了，我會在作文時賣弄一下。在官立中學的英語氣氛下，老師自然比較喜歡這個肯讀點中文的學生。得到老師的欣賞、同學的佩服，我就更懂得扮愛詩人了。每逢課文中出現詩詞，我更開心了——因為要背誦的課文又短又美。可以想見，過程中我進入了一個自我實現的預言：我真的變成愛詩人了。

中學畢業前，我認識了幾位香港大學的學長，那是一個叫做「詩風」的詩社，有幾位中英文都非常優秀的成員，他們在文學方面的修養甚佳，閱讀和寫作都是高手。他們是陸健鴻、郭懿言、胡國賢、黃國彬、譚福基五位，都只比我大幾年，且都在港大文學院研究院念書。幾位對我的影響甚大，因為我們每一次聚會，談的都是詩歌，而唐詩佔了其中大部分。未幾我進入港大選科，幾年後更考上研究院，一點猶豫都沒有就選讀了唐詩。我到如今一直為此決定感謝上帝。中華文化博大精深，唐詩只是其中的一環，但已經足夠我享受一生。

每個人的成長不一樣，喜歡的詩歌也不盡相同。這本小集子所收錄的作品，是根據我心目中好詩的定義來挑選的。

我覺得好詩都是能夠感人的。感人不是好詩的充分條件，卻是基本條件。這首詩必須能夠引領讀者進入人類自古以來就共有的情感，例如情趣、母愛、友誼、家國情懷、進退兩難的窘困、求而不得的挫折、衰敗年老的不逮、天人關係的深刻等。共鳴，是閱讀時最大的享受之一。

有了使人產生共鳴的能力，詩歌還須要寫得精練優美。這個精練優美，實在太難。當中包括張弛有度的文字運用，不作他想的選詞造句。一味地濃縮，就寫不出「誰言寸草心，報得三春暉」（孟郊〈遊子吟〉）這樣輕盈寬敞的自然心跡；一味地準確無誤，就畫不出「星垂平野闊，月湧大江流」（杜甫〈旅夜書懷〉）這樣充滿錯覺的千古名畫。

杜甫的「清詞麗句必為鄰」、「不薄今人愛古人」、「轉益多師是汝師」（〈戲為六絕句〉）告訴我們好詩人必然大量地閱讀、有意識地學習和謙虛地專心注目於別人的優點。這是正面的追求。韓愈的「惟陳言之務去」（〈與李翊書〉）是反面的躲避。總而言之，一首好詩，要求詩人背離已有的「舊」作，在「合情合理」的框架內找出沒有人走過的道路。李賀的〈官街鼓〉就是這樣的一首好作品。

這本小集子收錄的詩，不過二十六、七首，實在少得很。中國的文學文化，分為經、史、子、集四大部分；詩歌，屬最後一部分。人一生能夠讀懂一個詩人，已經很厲害。中華文化深廣無涯，豈是個人百年之身能夠掌握的呢？幸好我們有很多人，而今天又能大致做到人人識字，那麼就讓我們各據一張小書桌，做個千年古樹的小細胞，接收養分也傳送生命的本質吧。記得當年在中文系的日子，老師所教，只一張紙的筆記，做作業時要讀好多的書。讀到《莊子・內篇・養生主・第三》「吾生也有涯，而知也無涯。以有涯隨無涯，殆已！已而為知者，殆而已矣」的時候，真有點想不開。凡是會算點數的人都明白季節轉換之高速，一年又一年過去了，自己在學問上長進了多少，心知肚明。用乘法再算一次，就曉得此生會到達甚麼地步。

可是，回頭一想，這不正是天父上帝給我們的豐盛嗎？我為有此感悟而謝恩，因為這是一場豐富的自助餐。我們享受美味的同時，又怎能抱怨自己的肚子太小？我想，就是連美國這樣短淺的歷史，也能提供吃不完的美味吧？誰能夠說自己完全通曉這樣一個年輕國家的所有文化呢？我們無法窮盡餐桌的長度。中國的廚藝和營養一直延伸到遠遠的他方。人的飢餓感裝的比眼睛多，眼睛裝的又比肚子多，肚子飽了，還得消化。我告訴自己，慢慢品嘗，不要急，很快又會餓了。

有人愛經學，有人愛詩歌。我屬於後者。有人愛新詩，有人愛古詩。我兩者都愛。有人過目不忘，我過目必忘，每每須要再三重讀才記得少許。我接受這樣的自己——只有小小的短期記憶，長期記憶也寒酸混亂。可是，每次重複讀到優秀的詩，我還是有初見的驚喜。因此，我做不了學者，但對着琳瑯滿目的學問，我還是能夠感到好奇和喜樂。而寫作，正是我學習記憶的方式。於是，我還是勇敢地寫了這本小書。希望你喜歡。

責任編輯：羅國洪
封面設計：洪清淇

書　　名：唐代心情——唐詩閱讀與欣賞
作　　者：胡燕青
出　　版：匯智出版有限公司
香港九龍尖沙咀赫德道二A
首邦行八樓八〇三室
電話：二三九〇〇六〇五
傳真：二一四二三一六一
網址：http://www.ip.com.hk
發　　行：聯合新零售（香港）有限公司
香港新界荃灣德士古道二二〇至
二四八號荃灣工業中心十六樓
電話：二一五〇二一〇〇
傳真：二四〇七三〇六二
印　　刷：陽光印刷製本廠
版　　次：二〇二五年七月初版
國際書號：978-988-71272-2-2